Marche ou rêve

Ferdinand Laignier-Colonna

Marche ou rêve

Roman

Éditions Héloïse d'Ormesson

ISBN 978-2-35087-825-6

Éditions Héloïse d'Ormesson
92 avenue de France, 75013 Paris
www.editions-heloisedormesson.com

| 1 |

Un début

On était dimanche et il faisait beau. Posté sur mon balcon, j'observais les ondes de l'horizon azur à la recherche d'un signe qui me sortirait de ma nonchalance. Les turbulences de la Méditerranée me surprirent : la mer bougeait plus que moi. Elle toussait, tremblotait, prise de spasmes, elle était malade elle aussi. Le soleil cognait comme un boxeur sur la ville étourdie par la chaleur. Seuls quelques touristes suintants, chargés comme des mules de sacs à dos trop larges, arpentaient les trottoirs brûlants du port à la recherche d'une curiosité à photographier. Des barres HLM défraîchies, jaunâtres, jouxtaient les vestiges des marais salants abandonnés, symbole d'un patrimoine collectif rongé par le désir d'expansion. Souffrants, les immeubles dégueulaient de longs draps blancs des fenêtres et se boursouflaient d'immondes paraboles grises, énormes comme des pustules défigurant les façades. Tout un gâchis de rectangles de béton, d'entrepôts en tôle, de hangars froids, de ronds-points coûteux, de terrains de promenades zébrés de routes, enlaidissant le spectacle d'une cité embrasée par la fin d'été. L'espace comme décousu, la nature comme effilochée. Crime contre l'urbanité. Le voisin d'à côté hurlait sur son chien ou sa femme. Pour lui, la hiérarchie n'était clairement pas définie. Pour moi, la distinction s'imposait. Le chien était moins bruyant. Le concert agaçant de grillons surexcités se mêlait au triolet énervant des divas tourterelles portées par le vent. Qu'il était délicieusement agréable l'ennui du dimanche, on pouvait s'y morfondre sans culpabilité. Le paresseux dimanche engoncé entre la folie du samedi et la monotonie de l'infatigable retour du lundi. Un jour qui se reposait, qui flânait, qui traînait au lit, qui bayait aux corneilles, un jour où le sentiment d'inutilité se voulait le plus acceptable. Pourtant, en ce dimanche de septembre, j'aurais pu mourir d'ennui.

Une maladie

« Je suis malade » comme le chantait de sa voix puissante une Dalida dévorée par la dépression. Une myopathie dégénérescente, et non un chagrin d'amour dévastateur qui vous plongeait le bec dans le whisky. Une maladie sauvage, indomptée, qui s'organisait des repas orgiaques de muscles pour, à terme, laisser sans énergie, aussi athlétique qu'un mollusque. La myopathie dépiautait ma vie de ses folles extravagances et de sa jeunesse tonique. Je ne m'intéressais pas aux caractéristiques essentielles de mon infirmité, aux variations de la mort, aux projections morbides qu'elle générait au sommet violent de son ascèse. Je me contentais d'une vérité brutale : c'était la mienne et c'était bien suffisant. On ne se force pas à connaître quelqu'un que l'on déteste. Les jambes argileuses, échasses branlantes, les mains fainéantes, les bras paresseux, les muscles démissionnaires, mes parents avaient signé le bon de livraison à la maternité sans vérifier la conformité de la marchandise. Mes protestations enragées, mes supplications candides et désespérées ne trouvèrent aucun écho apaisant hormis celui de la malchance qui venait ricocher sur celui de la souffrance. Je n'aimais pas mon corps défectueux et la vie m'obligeait à le garder. Rien n'allait : la forme ne m'attirait pas, la qualité ne me convenait pas, les finitions laissaient à désirer, l'emballage ne correspondait pas à la valeur du produit. Contrefaçon *made in China*. Arnaque existentielle. Que ce soit dans une glace ou dans le regard embarrassé de l'autre, j'avais une pleine conscience de l'image que je renvoyais. Perspicacité tranchante. Je partageais la même lucidité que le poissonnier qui savait intimement si sa marchandise était bonne ou pas. Moi, je n'étais pas de première fraîcheur. Et je l'avouais sans détour.

La myopathie repoussait, les gens s'éloignaient, on ne se croisait jamais sur la route goudronnée d'une vie balisée, au mieux sur quelques chemins de traverse de l'amitié ou sur les sentiers pentus, escarpés et peu praticables de l'amour. J'admettais sans aigreur mon anormalité et il n'était pas compliqué de m'en convaincre. Déjà, de manière visible, je déviais de la norme. Les individus tenaient debout, je restais assis en toutes circonstances, avec un flegme confinant à l'anticonformisme. Je ne remplissais tout simplement pas les critères nécessaires à l'attribution de mon certificat de modèle ordinaire. Dans une société qui ne tolérait pas les défauts, ma myopathie ne me plaçait pas en tête de liste. Pourtant, j'étais autrement capable, j'étais cet étendard de l'imperfection qui demeurait un pied de nez à la morosité nécrosante. Par un tour de magie phonétique, une légère oscillation labiale, un chuintement appuyé, le mot « décès » rappelait « déchet ». Le cercueil évoquait la poubelle et le fauteuil roulant était un cercueil en carbone. La boucle était bouclée. La vie avait fait son tri sélectif.

J'avais souvent pensé que le contact humain constituerait la clef possible de mon salut. Faire palpiter le lien social, ce battement de vie qui nous reliait sans attendre un retour dégoulinant de pitié agitée en oriflamme compatissante. Je connaissais mes défaillances et les regrettais. Ma situation n'était pas enviable, loin de là, mais j'essayais de m'améliorer pour donner une autre image que celle d'un homme en décrépitude. La charge, énorme, se rapprochait plus du travail bâclé que du travail d'orfèvre. Je me demandais même si en provoquant mon côté bestial, j'aurais eu l'occasion d'être accepté par la meute. Comme je me sentais souvent jugé, mon orgueil, face à la peur primaire des gens de me considérer, finissait de prendre le pas sur ce qu'il me restait de je-m'en-foutisme. J'aimais tant les rencontres, j'appréciais tant les débuts de rendez-vous, aventurier des sourires dérobés, des silences gênés, des balbutiements de phrases intimidés, où je partais en quête de ces personnes qui se prêtaient volontiers à l'échange. Une sorte de bulle où tout semblait possible, où les rapports s'inversaient, où les rejetés du quotidien devenaient les rois d'un moment. Pour ne pas m'abandonner aux charmes d'une tristesse incurable, je ne voulais vivre que pour l'excès, par l'excès, dans l'excès.

Une charité

L'avant-dernier week-end de septembre coïncidait avec l'événement caritatif organisé par une association de parents qui n'avaient pas la décence silencieuse d'assumer les monstruosités qu'ils avaient enfantées. Comme tous les ans, une joyeuse ambiance de kermesse régnait au stade municipal aménagé pour l'occasion. Des épreuves d'adresse et une aire de jeux gonflables pour les petits, un tournoi de foot pour les grands, une buvette pour tous. Pour attirer du monde, en plus des familles et des amis proches obligés de venir, les parents distribuèrent des flyers dans toutes les boutiques de la ville. Les patrons de bars offrirent des caisses de vin et des vasques de bière, tandis que les autres commerçants placardèrent d'immenses affiches sur leurs vitrines et se débarrassèrent des invendus de la saison estivale en les proposant comme lots à gagner. Chacun participait sans trop s'investir. Ils étaient tous plus ou moins forcés par le qu'en-dira-t-on et le politiquement correct. À mon grand désarroi, je n'imaginais pas un commerçant, le verbe haut en bouche, dans un élan de subversion, répondre aux sollicitations par un « j'en ai rien à branler des handicapés! ». Audacieux mais peu probable. Romain me tannait depuis plusieurs jours pour y aller. Je n'aimais pas ce genre de journées, je ne m'y sentais pas à l'aise.

« Allez, ça va être sympa. On ne reste pas trois plombes. On y va pour marquer le coup! On fait un tour, on boit une bière et on rentre », insista-t-il.

L'endroit grouillait de monde. Les enfants braillaient, s'agitaient dans tous les sens, réclamaient à boire. Les parents cachaient leur exaspération. Les inscriptions pour le tournoi de foot étaient closes et les premiers matchs éliminatoires finissaient à peine. Une équipe de touristes, des jeunes Bretons identifiables au drapeau qu'ils arboraient fièrement, venaient de se prendre une branlée et de sacrés coups sur les chevilles. Il y avait toujours un peu de tensions dans ce type de compétition: entre ceux qui jouaient en dilettante et souhaitaient profiter de l'occasion pour passer un agréable moment avec leurs amis et ceux qui jouaient leur vie et n'envisageaient rien d'autre que la victoire. Pour ma part, je n'étais dans aucune des deux équipes, je voulais me barrer. Les gamins malades, trois en fauteuils roulants et deux accusant un retard mental, étaient à l'écart des autres enfants. Ils avançaient en procession tumultueuse sous le regard excité par un mélange de pitié et de voyeurisme des visiteurs dans les tribunes. Les gens me scrutaient avec compassion, me souriaient avec tristesse, m'assimilaient à cette joyeuse bande d'insouciants rêveurs. J'étais tout l'inverse. Sous une chaleur étouffante, Romain se pressa à la buvette, confiée à deux jeunes de la ville, où étaient réunis tous les célibataires et les hommes libérés de leurs mômes. Les recettes de la journée étaient intégralement reversées au profit de l'association.

Ayant des difficultés pour porter à la bouche des aliments ou des boissons, j'avais demandé à Romain une bière avec une paille. J'avais insisté sur le « avec une paille ». Ils n'en avaient pas. Je dus me résoudre à regarder les autres picoler. Ils appréciaient leurs gorgées, poussant des « ahh » de désaltération, savourant davantage la fraîcheur que le goût. Romain se proposa de me tenir la bouteille, mais je refusai pour ne pas me ridiculiser et m'en foutre partout. Le moment que je redoutais tant arriva sans prévenir, avec un sourire et une voix mielleuse. Un mec bodybuildé, membre d'une organisation caritative humanitaro-bienveillante comme le mentionnait le badge accroché à son tee-shirt trop petit, m'interpella, se baissa à ma hauteur et posa une main lourde sur mon épaule.

« Bonjour jeune homme ! Comment allez-vous ? Je suis heureux de vous voir ici ! Tu permets que je te tutoie ?

– Euh, oui bien sûr ! Pas de problèmes !

– Est-ce que tu profites de cette magnifique journée où nous sommes tous réunis, main dans la main, valides et invalides, les uns pour les autres ? déclama-t-il avec un ton de naïveté simulée. Ce sont ces petits gestes qui me touchent, qui me font encore croire à l'humain et à ses capacités de voir en tout un chacun son égal ! »

Il en rajoutait des tonnes. Chaque nouvelle phrase était pire que la précédente. Sa philosophie et son emphase me paraissaient excessives et pathétiques. Et dans pathos, il y avait pâteux. Il était difficile de se dépêtrer de ces conversations, ponctuées des mêmes lamentations chaleureuses, qui tournaient si souvent au monologue de mauvaises pièces de théâtre.

« C'est ton frère, là, au comptoir ? C'est lui qui t'a emmené ici ?

– C'est mon ami et…

– C'est lui qui te sort ? me dit-il sans constater que sa remarque me renvoyait au rang d'animal de compagnie. C'est beau cette amitié, ça montre que le monde n'est pas totalement insensible à la détresse des autres. Que les gens soutiennent leurs prochains avec toute la considération qu'ils méritent. Savoir prêter main-forte sans discrimination, ajouta-t-il en pétrissant mon épaule délicate de ses doigts musculeux. Ensemble, on va plus loin, ensemble, on va plus fort !

– Sauf s'il y a des escaliers ! » lançai-je pour pimenter cette conversation qui barbotait dans la niaiserie.

Mais il ne releva pas et continua dans son délire jusqu'à être interrompu par un garçon d'une dizaine d'années dans un fauteuil roulant électrique surmonté d'un bras escamotable fixé à l'arrière du dossier, qui permettait au gamin de piloter avec le menton ou la bouche.

« Hein ? Articule quand tu parles s'il te plaît, calme-toi et articule sinon je ne comprends rien ! On doit tous faire des efforts ! Tu veux aller pisser ? Encore ? C'est toutes les dix minutes, ma parole ! Si tu arrêtais de boire aussi, ça faciliterait la vie de tout le monde. Il faut y mettre du tien, on n'est pas à ta disposition », lâcha l'armoire à glace avec dédain.

J'avais de la peine pour ce gamin.

« On y va, mais on ne traîne pas, je n'ai pas que ça à faire ! Jeune homme, je n'ai pas le choix, le devoir m'appelle.

– Courage ! Ensemble, on va plus loin ! Au moins jusqu'aux toilettes ! » ironisai-je.

Les activités battaient leur plein, l'ambiance était festive et l'affluence raisonnable. La finale du tournoi devait commencer. Romain me récupéra et on s'installa au bas des gradins, légèrement en retrait pour éviter les allées et venues de ceux qui allaient sans cesse chercher quelque chose. J'avais toujours trouvé ça amusant d'organiser des manifestations sportives pour des gosses qui ne pouvaient pas bouger. Les responsables poussèrent même le cynisme jusqu'à leur faire donner le coup d'envoi sous les applaudissements gênés des spectateurs. Après le match, remporté par une équipe d'étudiants, une des mères coordinatrices de l'événement, entourée par tous les enfants malades, prit le micro et remercia les participants pour leur soutien moral, d'abord, et financier, surtout. Avec un large sourire, une empathie malsaine et une surenchère lacrymale, elle se lança dans un discours improvisé – enchaînement de phrases bateau, d'hésitations pénibles, de propos gnangnan à base de « il faut tous s'aimer », « la différence ne doit pas nous rendre indifférents », « acceptons-nous les uns les autres et le monde nous acceptera », tout un laïus insipide, une gratification narcissique autour de l'apitoiement, pendant que la brochette de gamins avariés rôtissait au soleil. Je continuais de penser que les exhiber comme des bêtes de foire en les assignant à leur infirmité ne les intégrerait pas. C'était contre-productif.

Je détestais l'impudeur des associations montées par des parents gorgés d'avidité afin que de grandes et généreuses âmes, aussi coupables qu'ambiguës, financent le suivi médical de mômes qui ne valaient plus rien à l'Argus. Insensibles à la problématique du handicap avant d'y être personnellement confrontés, les mêmes parents jouaient désormais les professeurs d'allégresse avec une bonhomie d'apôtre, nous gavant jusqu'à l'écœurement de speechs sur le « bien-être des handicapés », défendant bec et ongles une compassion chrétienne excessive pour les « faibles », exigeant de tous une prise de conscience vertueuse pour arracher les « inutiles » à leur condition, arguant avec une conviction quasi transcendante que « ce n'était pas gentil d'être méchant ». Ils se présentaient comme des modèles de résilience, insistaient pour que les gens donnent, reprochaient l'égoïsme de ceux qui s'abstenaient. Le message était clair pourtant : comme eux, il fallait être altruiste bon dieu ! Offrir jusqu'à sa chemise. À condition que ce soit celle des autres, évidemment. Les initiatives menées « au profit de » se multipliaient, envahissaient les après-midi ensoleillés et les caisses débordaient de dons disculpatoires forcés par le malaise de la différence. Sous le vent tempétueux des remontrances, les idéaux vacillaient, colosses aux pieds d'argile, se cramponnant à cette hypocrisie plus ferme, plus droite que les immondices tremblotantes, rabougries, fanées, installées sur des fauteuils roulants hors de prix.

Un ami

J'ai su que Romain deviendrait mon meilleur ami lorsque nous avons été installés l'un à côté de l'autre durant l'attribution hasardeuse des places par le professeur principal et que nous eûmes la même remarque potache sur Fanny, une blonde fluette qui, possédant une grosse poitrine pour son âge, attirait les regards envieux de tous les garçons de la classe. Certitude qui se confirma dans un éclat de rire franc et sonore pendant l'intercours, quand il m'expliqua que le fauteuil roulant était la seule partie du légume qui ne passait pas au mixeur. Notre attachement s'étoffa et se fortifia sans cesse de valeurs et de pensées communes, de perceptions partagées face aux événements qui marquaient notre vie lycéenne puis universitaire. Chaque fois, notre amitié se raviva par l'expression de mon handicap. Les galères en soirées nous soudaient. Pour lui, mon humiliante infirmité ne représentait aucune barrière et tout devait m'être accessible. Pour moi, mon handicap symbolisait une enclume, un fardeau, que je lui imposais, mais il ne freinait pas nos élans spontanés ni nos folles curiosités. Il était le frère que je n'avais pas et l'ami que j'avais tant voulu.

Quelques jours après l'épisode de l'après-midi caritatif, Romain me proposa d'aller boire un verre en centre-ville avant de terminer en boîte. Je prenais toujours le temps de réfléchir à mon allure vestimentaire. J'usais de subterfuges pour masquer un corps dont la carrure impressionnante se rapprochait de celle du cintre. L'élégance que j'érigeais en principe de vie se voulait une réponse aux pantalons froissés trop amples et aux pulls informes trop grands dans lesquels, généralement, les invalides cachent honteusement leurs disgrâces physiques donnant l'illusion de sacs à patates posés sur des fauteuils roulants. Je m'habillais pour moi et pour les autres.

Après m'être installé sur le siège de douche avec une aisance toute relative, le jet d'eau brûlante, qui pleuvait sur ma peau encore bronzée, délassait mon corps labouré par les cicatrices, et la simple vue de mes doigts fripés me fit accélérer le mouvement. Enveloppé sommairement dans des serviettes rêches et bon marché, je passais en revue les vêtements dans mon armoire basse qui servait de penderie. Une chemise Oxford bleu ciel à laquelle j'associais un cardigan assorti avec une encolure discrètement rehaussée de cuir d'agneau, un jean brut et une paire de mocassins en daim du même ton.

La température agréable de cette fin de septembre devait durer une bonne quinzaine de jours selon les derniers bulletins météo. Maigre consolation pour un été maussade où seule la horde de touristes irrespectueux, qui se jetaient dans l'eau turquoise comme des beignets dans l'huile, avait rappelé la saison estivale. Le soleil perçait la nuée pour étreindre de sa chaleur la montagne et plonger la ville et le port dans une luminosité qui colorait les différents quartiers de teintes ocre. Je compris pourquoi ils se battaient tous pour débarquer ici et j'imaginais aisément que la vue d'un pareil spectacle, d'une telle variété de paysages, puisse faire tourner la tête à bon nombre de vacanciers. Le vrombissement lointain d'une voiture déchirant la quiétude de cette fin de journée me sortit de ma torpeur. Apercevoir Romain à son volant me redonna le sourire et rechargea à plein ma motivation.

« Désolé ! Désolé ! Tu vas gueuler mais j'ai fait aussi vite que j'ai pu ! J'étais avec Clélia, on a traîné, on a baisé, bref, c'était la moindre des choses que je la raccompagne ! J'ai des principes ! »

Nous éclatâmes de rire. Les principes de Romain, je commençais à les connaître, d'autant plus que c'était le premier à s'asseoir dessus. Après m'avoir pris dans ses bras avec une technique efficace, affinée par l'expérience de plusieurs années et de quelques échecs qui nous valurent des gamelles mémorables, Romain me déposa avec négligence sur le siège passager. Il maîtrisait le maniement du fauteuil et avait appris à gérer les transferts et les déplacements : je n'avais confiance qu'en lui. Il incarnait parfaitement l'homme idéal que les filles de notre génération recherchaient : contrairement à la masse de gens petits et trapus comme des tonneaux, il se démarquait par un mètre quatre-vingt-cinq. Élancé, des abdominaux dessinés, il avait une stature énergique qui attirait tous les regards féminins. Avec ses cheveux bruns, Romain avait un visage séduisant et amical qui, selon les périodes, se fripait sous les contrariétés ou disparaissait de moitié sous une barbe luxuriante d'où surgissaient seulement ses lèvres lippues. Ses yeux bleus illuminaient son regard luisant de mollesse. Il dégageait une sérénité rassurante laissant deviner une vie douce et légère. J'admirais sa tchatche et comprenais sans peine sa facilité à multiplier les conquêtes. Je faisais pâle figure à côté de lui.

Romain se concentra sur la route, gueula après le conducteur d'un Renault Espace immatriculé 75, qu'il klaxonna pour lui mettre la pression. Il se régalait de voir la silhouette crispée d'angoisse du type, se contorsionnant à gauche, à droite, pour découvrir qui le sommait d'avancer. Puis Romain alluma une énième tige pour se calmer. Il la tenait de sa main droite avec désinvolture, la portait à la bouche dans une lenteur excessive avant de s'amuser avec son Zippo acrobate et cracheur de feu. Silencieux, je me cramponnais à mon siège en espérant qu'on arrive le plus vite possible. À cause de sa conduite brusque, chaque fois que la voiture abordait un tournant, ma tête cognait la vitre. Après avoir multiplié les tours de ville, Romain, qui venait de se garer à l'arrache sur le trottoir, pesta contre ces connards de Parisiens qui se pensaient chez eux et stationnaient comme des manches en s'appropriant deux places. Il déplia le fauteuil sorti du coffre, me saisit comme un sac hors de la voiture et me déposa dessus. Je pris la peine d'arranger le col de ma chemise, de boutonner mon gilet et de trifouiller mes poches afin de m'assurer du bruissement joyeux de l'argent. Romain ralluma une clope le temps que je finisse de me rhabiller.

« Accélère, j'ai soif ! me pressa-t-il en s'asseyant sur la jardinière du restaurant qui nous faisait face.

– Je t'ai attendu des plombes, tu peux attendre deux minutes ! »

Il leva les yeux et grommela un ricanement rauque.

La myopathie partitionnait les idées, les rangeait dans des coffres dont elle perdait les clefs, vous forçant à rester sous le giron de son amour, des fois que des sensations saugrenues vous exciteraient la volonté d'outrepasser les limites qu'elle vous a imposées avec sévérité. Pour reconsidérer ma place dans ce bordel social qui nous réunissait tous, je souhaitais prendre une cuite comme une claque soudaine dans la tronche. Je voulais, comme Icare, me brûler les roues près du soleil. Je disposais d'un avantage sur ce magma juteux des liens humains, celui de pouvoir être moi-même et de m'assimiler aux autres, de les imiter. S'il m'était aisé de reproduire leurs codes et de m'y soumettre, l'inverse demeurait impossible. Je pouvais m'identifier à eux, mais eux ne pouvaient se reconnaître en moi.

Un début de soirée

Les restaurants se remplissaient progressivement et les tables en terrasse, généralement les plus appréciées, étaient prises d'assaut par les estivants qui se baladaient encore dans la vieille ville. Des couples sirotaient des cocktails multicolores avec une insouciance de vacanciers, confortablement installés dans des fauteuils arrondis en résine tressée noire, avant de se perdre en pérégrinations nocturnes dans les ruelles peu éclairées qui serpentaient à travers la citadelle. Romain avait envie de caïpiroskas bien chargées. Il me poussait, slalomant entre les trous de la chaussée ravinée. Les présentoirs débordant de souvenirs ringards, de cartes postales, de porte-clefs de Ribeddu qu'on offrait aux amis parce qu'on n'avait pas trouvé des « magasins de cagoules », s'empilaient à l'entrée des boutiques et inondaient des trottoirs défoncés tout aussi peu praticables. Romain cabrait le fauteuil face à une marche trop haute, contournait un passage étroit entre les voitures garées et les façades d'immeubles, descendait et remontait du trottoir à cause d'une poubelle mal placée ou de personnes attroupées, tout en prenant garde à l'allure du petit train touristique qui sillonnait la ville et s'arrêtait aux abords des sites d'intérêt. Un parcours du combattant qui le faisait suer à grosses gouttes.

« Quelle galère, putain ! Tu ne pourras pas dire que je n'ai pas mérité mon verre !

– Même deux ou trois ! » lui répondis-je.

Le bar se situait au rez-de-chaussée d'une immense bâtisse en pierre où les clients pouvaient siroter leur boisson en toute tranquillité sous des alcôves. L'établissement jouissait d'un jardin cerclé de grilles en fer forgé. Décoré avec élégance, le lieu invitait au plaisir. Le mobilier design se mariait harmonieusement aux banquettes en bois d'olivier. Les voilages blancs délimitant chaque box renforçaient l'impression d'être coupé du monde dès l'entrée. À l'entrée justement, une hôtesse d'accueil, une grande perche blonde qu'il m'aurait fallu escalader pour déposer une bise sur ses joues roses, plaçait les clients en fonction des réservations et des tables disponibles. Romain me rangea à l'écart, hors de la file d'attente, et alla à sa rencontre pour tenter de négocier une bonne place. Me voyant ainsi isolé, un couple d'une soixantaine d'années m'interrogea :

« Jeune homme, vous avez besoin d'aide peut-être ?

– Non, messieurs dames, j'attends mon ami, je vous remercie, c'est gentil ! »

Plusieurs badauds me proposèrent leur aide. Un handicapé seul dans un coin, forcément ça ne courait pas les rues. Si j'avais eu la présence d'esprit de poser un bol à mes pieds, j'aurais pu recueillir quelques piécettes et boire à la santé de mes généreux donateurs.

« Elle m'a dit de patienter un bon quart d'heure. Elle va essayer de voir si elle peut nous trouver quelque chose près du comptoir extérieur. J'ai refusé l'intérieur, on va crever de chaud. On va se décaler pour se rapprocher de l'entrée et des boxes et surtout pour qu'elle nous voie. Elle aura vite fait de nous oublier sinon », m'expliqua Romain.

Nous nous postâmes en retrait, mais de manière à rester dans son champ de vision, et nous assistions au défilé ininterrompu des refoulés, soit par manque de place, soit pour non-respect des codes vestimentaires. Le bar était rempli de locaux. Je distinguais les Corses des Continentaux à leurs gueules acérées, leurs attitudes détendues, leur nonchalance fière. La rue grouillait d'Italiens. Ils étaient revenus en nombre cet été après avoir déserté la ville quelques années à cause de la crise financière qui avait touché leur pays. Il y a encore dix ans, on se serait cru à Rome, Palerme ou Florence. Romain contemplait le ballet de grandes enjambées de l'hôtesse qui virevoltait entre les tables, la carte des boissons en main, et s'élançait pour installer les clients. Un peu plus loin, les portes de la navette citadine s'ouvrirent et des vacanciers surgirent en petits troupeaux et se dispersèrent, s'émerveillant des édifices agressés par le temps. Une guide-conférencière tentait de remobiliser un groupe du troisième âge qui piaillait : « Hé ho ! Hé ho ! Messieurs dames, par ici s'il vous plaît ! Messieurs dames, veuillez-vous approcher et me suivre, je souhaiterais vous parler de… » Je n'entendis pas la suite, je la voyais simplement gesticuler, théâtraliser son intervention devant les mines ébahies de ces mamies et papis en goguette. Un couple s'extasiait face à la splendeur des bâtisses en pierre. « Augustin, Léonie, vous ne pouvez pas lâcher vos téléphones deux minutes et regarder ce qui nous entoure ? À 600 € le billet d'avion, vous pourriez faire l'effort de vous intéresser à ce qui se passe ! » rouspéta la mère. Les deux adolescents restèrent les yeux rivés sur leur écran et marmonnèrent un truc inaudible. Le père, en chemisette à carreaux rouge et blanche, pantalon beige en toile, appareil photo en bandoulière, mitraillait tout ce qui s'offrait à son objectif, s'excitait : « C'est pittoresque, vraiment ! Quel cachet ! Quand on va montrer ça aux Duvernet, ils vont vouloir nous rejoindre. Quelle beauté !

C'est si… vivant ! » Une vieille Corse en peignoir arrimée à la rambarde de son balcon, que je reconnus comme la tante d'une vague connaissance, balayait du regard la zone où les badauds s'activaient et s'agaçait de l'effervescence nocturne. Caméra de surveillance à l'ancienne. À ma gauche, à environ un mètre cinquante de moi, confortablement lovés dans les canapés, deux couples de quinquagénaires, dont les femmes blondes décolorées semblaient se noyer dans l'ennui, partageaient une bouteille de champagne. Pantalons en lin blanc, chemises roses, montres massives aux poignets, chaînes en or brillantes, l'air grave, ils discutaient de la qualité croissante des vins corses. Un des deux hommes, affalé à moitié sur sa compagne, se redressait à chaque fois qu'il prenait la parole puis se laissait retomber dans les coussins avant de s'avachir complètement.

Après de longues minutes d'attente, l'hôtesse nous fit signe de nous rapprocher et s'adressa à Romain avec douceur : « Je vais avoir une petite place près du grand mur de fleurs, ça vous convient ? Les gens sont en train de payer. »

Peu satisfait de la proposition, Romain grimaça. Puis, dans un sourire facile, lui lança avec l'attitude modestement désinvolte qu'il maîtrisait à merveille : « Ça me déplaît de m'éloigner de vous, si vous pouviez nous trouver une place au comptoir ou tout proche, ce serait exceptionnel !

– Hum, suivez-moi ! Je vais voir ce que je peux faire. Ici, c'est réservé, là aussi… Je peux vous mettre là, mais vous serez serrés ! Ça ne vous dérange pas ?

– Pas du tout ! On va se débrouiller, c'est parfait ! Je vous remercie ! Et n'hésitez pas à venir boire un cocktail avec moi après votre service », poursuivit-il, charmeur.

Nous zigzaguions entre les tables. Marco et François nous rejoignirent peu de temps après. Une longue embrassade marqua le début de notre soirée.

« Ça ne t'embête pas qu'on se mette directement au comptoir ? » me demanda Romain que je devinai un brin embarrassé car il savait que je n'arrivais pas à la hauteur du zinc. J'acquiesçais machinalement. Les patrons de bar avaient procédé depuis plusieurs mois à de nombreuses modifications du mobilier qui m'excluaient un peu plus chaque fois. Les tables rondes, conviviales, sur lesquelles je pouvais me tenir face à mes interlocuteurs, laissaient place à des tables hautes accompagnées de tabourets tout aussi surélevés. La logique commerciale piétinait en large et en travers mes derniers plaisirs. Une table haute et inconfortable se renouvelait plus vite qu'une table standard qui incitait les consommateurs à s'éterniser. Ainsi, et comme toujours, je me mettrais de côté pour ne pas gêner et gâcher la soirée, mais je ne pus m'empêcher de souhaiter ardemment qu'à l'avenir ces patrons enfantent des nains.

On commanda deux bouteilles de rosé et autant d'assiettes apéritives. Marco vint se poster près de moi. Notre différence de carrure nous amusait. Cou de taureau, bras comme des cuisses et morphologie loin du sculptural Apollon, il dépassait le quintal grâce à une tripe nourrie régulièrement de bières et de charcuterie. Malgré un corps imposant mais disgracieux, Marco brillait dans toutes les strates de la société par sa gentillesse spontanée, sa bonhomie et son caractère conciliant plus qu'influençable. Il éprouvait pour moi une compassion qui confinait à la pitié et me mettait mal à l'aise. Il avait cette manière touchante, mais maladroite, de subir mon handicap. Noyé sous le flot continu d'histoires absurdes qui tendaient vers une mythomanie plus ou moins assumée, il exagérait surtout lorsqu'il parlait des femmes et ponctuait ses interventions d'un tic, une sorte de grognement sourd et bas qui le rapprochait encore du bœuf.

« La saisonnière qui travaille au magasin de fruits et légumes n'arrête pas de me harceler de messages, elle veut tout le temps qu'on se voie, qu'on aille à la plage, rrrrh.

– Elle veut surtout que tu la promènes parce qu'elle n'a pas de voiture, et ici, sans caisse, tu ne peux rien faire, lâcha Romain toujours sous le charme de l'hôtesse qu'il observait du coin de l'œil.

– Mais non, elle me drague, elle m'envoie plein de textos, rrrrh. Tiens, regarde son message d'hier, "Merci Marco de m'avoir ramené la monnaie pour l'appoint. Bisous. Laurence." Bisous ! Elle a écrit "Bisous", rrrrh ! Si ce n'est pas un signe alors je ne connais rien aux femmes. Tiens, lis bien, rrrrh, insista Marco en pointant son téléphone sous le nez de Romain.

– Tu me l'as déjà montré, c'est bon, c'est bon », coupa Romain en repoussant son bras.

François, au contraire, se distinguait par sa sobriété, par l'extrême simplicité de son comportement. De nature discrète et complaisante, il n'avait jamais un mot plus haut que l'autre. Sans doute les réflexes de son travail de commercial. Rencontré en classe de première, il avait son petit succès, mais ne se vantait de rien et expérimentait depuis plusieurs années les joies d'une relation stable et heureuse avec une fille bien pour oublier les cinq passées avec une ex qui le trompa sans honte avec un quadra friqué et arrogant. Papa depuis peu, il avait besoin de se défouler. Cette soirée lui permettait d'évacuer toute la pression et les nouvelles préoccupations qui en résultaient. François brillait par son caractère détaché, parfois insouciant : on pouvait le voir dix fois en une semaine comme disparaître pendant deux mois. Face à nos reproches répétés sur ses absences, il s'excusait avec un sourire gêné, des bégaiements désarmants de sincérité, mais sans nous apporter de réponses satisfaisantes. C'était lui tout simplement et nous devions nous en accommoder. J'appréciais sa compagnie et le savoir près de nous était souvent synonyme de bons moments. Fatigué à cause du raccourcissement de ses nuits, il était moins alerte qu'à l'accoutumée. « Pas évident de s'organiser avec un bébé, ça chamboule tout ! » se plaignait-il auprès de Romain. Ce dernier lui répondit d'abord par onomatopées avant de dégainer des réflexions flemmardes du style « Oui, c'est normal, ça va s'arranger ! C'est comme ça que ça marche ! » qui ne rassuraient pas François.

Avec les premiers effets de l'alcool, mes mouvements devenaient moins précis et je ressemblais à un pantin désarticulé, un guignol déchu et nerveux, qui n'avait pas besoin d'une audience de gamins gueulards et insupportables pour se ridiculiser. Les verres se succédaient, les bouteilles tombaient au champ d'honneur et nous évoquions les nombreuses anecdotes des emplois saisonniers de chacun. Sauf moi. Ne travaillant pas l'été, je manquais de matières, comme dans beaucoup d'autres domaines, cela dit. Marco, réceptionniste dans un camping modeste en bord de mer, mimait une vieille professeure, femme en titane mal baisée à la paire de nibards aussi lâche que l'élastique des slips des caravaniers, se plaignant de son séjour.

« Je vous explique la scène : la vieille débarque, moi je faisais la caisse, je m'apprêtais à fermer et je vois qu'elle a l'air en crise alors je lui demande "Bonjour madame, vous avez besoin de quelque chose ?" et là elle commence à gueuler "C'est une honte, ça fait vingt ans que je fais du camping avec mon mari et c'est la première fois qu'on voit ça, vous entendez, la première fois ! Ma belle-sœur m'avait prévenu "Fais attention avec les Corses, ils sont spéciaux !" Je lui demande quel est le problème, et là elle repart "Le problème ?

Et vous me demandez quel est le problème en plus ? Ça me paraît évident pourtant !" Moi, je reste con parce que je ne comprends pas trop ce qu'elle veut alors elle enchaîne "Il y a deux tentes autour de notre tente ! Il n'y a qu'ici qu'on voit ça ! Nous étions dans un camping dans les Landes avant de venir et ce n'était pas comme ça ! Nous sommes déçus et en colère ! Nous ne resterons pas sans rien faire !" Sur le coup, je me dis mais c'est qui cette cloche ? Elle attendait que je fasse quelque chose, genre un geste commercial comme leur offrir une nuit ou deux.

– Et t'as fait quoi ?

– Attends, j'y arrive ! Je lui balance "Mais ce n'est pas le principe même du camping d'avoir des tentes autour de la sienne ?" Et madame se vexe et me sort avec sa voix stressante de crécelle "Je sais ce que c'est qu'un camping, j'en fais depuis toute petite. Pour qui me prenez-vous ? Une idiote ? J'étais professeure des écoles !" Tant mieux pour toi ma vieille, mais ça ne change rien à ta connerie. Elle commençait à me gonfler et vous me connaissez, je suis un gentil, je lui dis "On fait quoi alors ?" et là, elle me sort, tranquille "Vous faites déplacer les gens pour nous laisser profiter !" J'avais d'autres choses à foutre donc je lui balance "Si on se met à laisser un espace pour profiter à tous ceux qui ne supportent pas les gens, il faut un terrain de dix mille hectares, figurez-vous. Et petit conseil, n'allez pas à l'hôtel non plus, car il y a des chambres à côté d'autres chambres." Ça l'a calmée mais elle n'a pas pu s'empêcher de gueuler qu'ils ne reviendraient plus, qu'ils allaient mettre un avis déplorable sur Internet. Finalement, ils n'ont plus fait parler d'eux, ils sont restés dix jours et organisaient des barbecues avec leurs voisins tous les soirs.

– Les gens sont fous quand même, constata François, et j'ai l'impression que c'est en vacances qu'ils sont le plus tendus. »

Face à notre consommation excessive, une tournée pour chacun et on allait remettre ça, ce qui promettait une belle addition à venir, le patron nous offrit un assortiment de tapas pour nous tapisser l'estomac. À l'approche de minuit, le bar se remplissait de plus en plus de jeunes qui décompressaient d'une journée encore chaude malgré l'heure tardive, et je regrettais mon choix de vêtements destiné à étoffer ma silhouette et m'afficher plus avenant, plus stylé. Car force était de reconnaître que je transpirais sous l'imposante couche de ce cache-misère. Marco, désinhibé par l'alcool, empoigna Romain qui se dégagea de son étreinte avec ruse, puis bouscula François qui renversa son verre sur moi. Il s'excusa. J'en avais partout, ça collait. En soi, ça m'emmerdait uniquement pour le jean, on allait penser que j'étais incontinent, pour les chaussures, je m'en foutais, ce n'était pas moi qui risquais de les user. Commando du désespoir, je maniais l'autodérision comme une arme de précision. Je savourais ma caïpiroska chaque fois que Romain me tendait la paille. Il me pria de ralentir sur l'alcool alors même qu'il connaissait l'adage « En fauteuil, on peut boire ce qu'on veut, on s'en branle, on ne conduit pas, ce sont les autres qui poussent ! » Marco nous annonça fièrement que trois Montpelliéraines, rencontrées quelques jours plus tôt au camping, allaient nous rejoindre. J'avais remarqué qu'il tripotait son portable avec enthousiasme depuis plusieurs minutes. Après un rapide brief, Romain et Marco se répartissaient les tentatives de séduction à adopter pour rentrer accompagné ce soir. J'étais la cinquième roue du fauteuil. Si certains pouvaient se targuer de multiplier les demandes de nanas en transe qui se présentaient à la braguette de leur caleçon, moi, refoulé à l'entrée des chambres humides pour délit de sale corps, je manquais là encore cruellement d'anecdotes. Tout au plus, de brèves histoires peu intéressantes sur mes relations avec des femmes âgées socialement misérables, des saisonnières paumées, des carencées intellectuellement, que j'enjolivais pour ne pas perdre la face. L'instinct de survie, sûrement. Le mensonge a ses raisons que la raison ne connaît que trop.

Le serveur, démarche nonchalante, regard vide, débordé par l'arrivée simultanée de nombreux clients, grommelait sur les faibles pourboires récoltés. Le patron, qui s'arrêtait à chaque table, aiguisant son sens du relationnel avec de grands sourires et des commentaires bien sentis, gardait une mine atterrée sur la vitesse de tortue tétraplégique de son barman.

« Elles arrivent », s'excita Marco.

Je ne m'affolais pas, car, dans un sens, les dés étaient jetés et je ne ferais office que de pièce rajoutée à l'ensemble, rien de plus. Les trois jeunes femmes se présentèrent à nous. La première repoussa de son visage une mèche de sa chevelure rousse pour leur faire la bise et m'adressa un signe de la main mollement assuré. Elle était vêtue d'une tunique verte qui lui tombait à mi-cuisse et laissait deviner des jambes potelées prolongées par des pieds gracieux chaussés de spartiates. Mignonne. Les deux autres, attirantes, possédaient des voix chaudes au débit lent qui rappelaient ces voix radiophoniques nocturnes – recueillant les confessions tragiques de routiers ventripotents ou d'hommes cocufiés – dont le simple murmure vous berçait d'une musicalité délicate. La première portait une robe grise à liseré noir qui contrastait avec sa blondeur. Ses yeux crépitaient de naïveté et sa bouche charnue aux lèvres rouges accentuées par le gloss s'animait d'un sourire sympathique. La deuxième, brunette gracile à la beauté pugnace, la peau mate, semblait moins réservée et prit place à côté de Romain. Son top blanc faisait ressortir sa poitrine. Après s'être installées, la blonde et la brune échangèrent un baiser furtif. Marco se décomposa et nous fûmes témoins de son changement soudain d'humeur. Déçu, il s'imaginait repartir au bras de l'une d'entre elles. Je me sentais moins seul et masquais difficilement mon enthousiasme de le voir affaissé sur le comptoir, mutique. On était deux à ne plus appartenir à la compagnie désormais, mais moi j'en avais l'habitude depuis toujours, alors que lui découvrait la sensation du rejet.

Toute cette joyeuse bande sympathisa et se lança dans de longs échanges inutiles sur l'avenir, les situations des uns et des autres. Tenu à l'écart par ma position assise, aucune des filles ne s'intéressa aux anecdotes les plus croustillantes de ma frêle existence, aussi j'écoutai avec une légère raideur ces propos creux et alcoolisés. Je me pliais pourtant avec souplesse et habileté aux codes de la sociabilité, mais on m'accordait peu souvent l'occasion de le démontrer. J'étais condamné à suivre d'en bas la hauteur inaccessible de leurs conversations. La rousse était bretonne, plus exactement rennaise, mais étudiait la psychologie à Montpellier. Célibataire depuis plusieurs mois, elle justifiait ses absences de relations avec suffisance, se jugeant trop bien pour supporter une liaison sans envergure. À mon sens, elle n'arrivait clairement pas à la hauteur de ses prétentions. Un escabeau ne l'y aurait pas plus aidée. Finalement, on n'acceptait que l'amour qu'on croyait mériter.

Romain proposa de partir et de se rejoindre sur le parking de la boîte. Marco les y conduirait. Je fis passer un billet à Romain afin de participer à l'addition. François, exténué, nous annonça son départ, son couvre-feu avait sonné et il voulait s'épargner toute dispute conjugale. L'alcool n'aidant pas, Romain eut toutes les peines du monde à me rentrer dans la voiture ; lourd comme un sac de frappe, insaisissable comme un savon mouillé, la réactivité d'un paresseux sous ecstasy et le regard vitreux d'un poisson mort, je ne lui facilitais pas la tâche.

« La prochaine fois, j'achète une remorque et je te balance directement dedans avec ton fauteuil ! »

Il m'attrapa vigoureusement pour me jeter comme un parpaing sur le siège passager, attacha ma ceinture et prit la route de la discothèque.

Une solitude

En général, les videurs vous laissent rentrer sans broncher lorsque vous êtes accompagné de femmes. La boîte était bondée, mais on sentait davantage rôder la morosité automnale que la ferveur estivale. Le groupe se déplaçait lentement vers le comptoir afin de s'y installer. Romain tchatchait avec la rouquine pendant que Marco nourrissait le vain espoir de finir la nuit avec le couple féminin. La perspective d'un plan à trois avait ravivé sa motivation. Moi, je me contentais de les suivre. Sur le chemin, je rencontrai une vieille connaissance que je pris plaisir à saluer et avec laquelle j'échangeai quelques banalités. Cet intermède me fit perdre de vue mes amis. Je m'en foutais, une rancœur pernicieuse commençait à me brouiller le cerveau. Je me mis dans un coin afin de laisser retomber les effets de l'alcool et profitai par la même occasion du spectacle qui s'offrait à moi.

Seul, j'étais donc destiné à finir ainsi, tiraillé entre la volonté d'être quelqu'un d'autre et le désarroi d'assumer un rôle non voulu. À quelques mètres de moi, sur un podium, se trémoussait lascivement une danseuse à la poitrine inexistante, aux jambes interminables armées de hauts talons en Plexiglas transparents me rappelant les chaussures des putes qui garnissaient les vitrines d'Amsterdam. Sa gestuelle indolente n'excitait que quelques paumés en manque postés à ses pieds. Des bancs de filles déferlaient en se tenant la main pour aller pisser, tandis que des meutes de gars musclés s'égosillaient au passage d'une femme un tant soit peu dénudée. La lune, maquerelle de ces âmes éméchées, de ces corps en tension, se grisait de la fumée de cigarette, des vapeurs d'alcool, des espérances brisées et des désirs les plus fous. Mes désirs. La fatigue me tourmentait. Il était l'heure pour moi de tirer ma révérence de ce cirque où j'occupais depuis trop longtemps la place de clown. Alors que je me dirigeais péniblement vers la sortie, les doigts écorchés par les mains courantes superposées aux roues du fauteuil roulant, je sentis une poigne ferme sur mon épaule. Une brune assez charnue, en mini-jupe et corsage léopard, visiblement saoule, me hurla quelque chose que je compris difficilement à cause de la musique.

« Qu'est-ce que t'as dit ? criai-je.

– Je te disais que c'est bien ce que tu fais ! Qu'est-ce qu'il t'est arrivé ?

– Un accident ! »

C'était la réponse que je préférais donner. Inconsciemment, elle causait moins de dégâts que l'annonce d'une maladie. L'excuse de l'accident, ce concentré de faux-semblants réversibles, ne concernait que moi, alors que la maladie sous-entendait, à tort souvent, une possible transmission. Aimant enduire mes craintes d'espérance, j'en étais donc réduit au mensonge. Elle me déclara dans un vague sourire plein de pitié qui me donnait la gerbe que j'étais courageux de sortir comme ça. Je la remerciai d'un hochement de tête et m'éloignai d'elle, la laissant déçue de ne pas continuer notre conversation.

Il n'y avait rien d'héroïque à sortir se bourrer la gueule pour oublier qu'on ne ressemblait pas aux autres. Je me sentais comme un enfant aux genoux égratignés qui retenait ses larmes par fierté et dont la mère, caressant sa tignasse encore en bataille, lui témoignait son soutien silencieux et pudique : tu es vaillant, mon fils.

Dis-moi que je suis beau, que je te plais, que je t'excite, que tu me veux pour une nuit, mais pas ça. En l'espace d'un instant, elle me rappelait à quel point nos différences étaient profondes. Insurmontables. Le courage, c'était accepter de fuir la réalité pour éviter de s'y soumettre. Dans ce cas-là, je ne fuyais pas, je m'exilais.

| 2 |

Un constat

L'air doux de ce matin d'octobre apaisa mon réveil difficile. La Corse connaissait un été indien des plus agréables. La météo redistribuait les cartes dans le domaine touristique en faisant débarquer une nouvelle clientèle de voyageurs : des groupes du troisième âge et des couples de jeunes cadres qui n'étaient pas contraints par la rentrée des classes et se permettaient le luxe d'éviter la frénésie estivale. Avec une saison étirée sur plusieurs mois, les commerçants allaient devoir cesser de pleurnicher et de se plaindre en invoquant la crise, le pouvoir d'achat et ces rengaines qu'ils assaisonnaient à toutes les sauces pour se dédouaner d'arnaquer les vacanciers et les locaux avec des prix exorbitants. Sans oublier les sempiternelles jérémiades d'un paillotier paradoxalement nationaliste qui se vantait d'offrir un bout de paradis à ses clients. Les traditions culinaires corses n'avaient jamais été aussi bonnes que marmitonnées par un Arabe ou un Polak.

Une traversée

Je pris le bateau pour me rendre à Nice afin de participer à l'inutile et annuelle visite médicale pluridisciplinaire organisée à l'hôpital L'Archet, où des spécialistes de maladie qu'on ne maîtrisait pas se permettraient de porter un jugement arrogant sur ma façon de vivre. Serge m'accompagna dans cette journée au timing serré. Homme taiseux, presque bourru, il était le confident de cette aventure. La cinquantaine, trapu, les traits marqués, le nez bosselé, il travaillait depuis une douzaine d'années comme assistant de vie auprès des personnes en situation de handicap après avoir longtemps exercé la profession d'ambulancier. Ne nous mentons pas, si je gardais une autonomie élevée en toutes circonstances, partir seul à Nice revenait à s'engager sur un trek de montagne avec des tongs, c'était du suicide. Nous nous entendions bien et il s'arrangeait toujours pour m'emmener et m'épauler dans ce moment fatigant. On s'affichait comme la version low-cost d'*Intouchables*. Il n'était pas noir, je n'étais pas riche. Pendant qu'il finissait sa nuit dans un canapé près de la réception, je flânais sur le pont à contempler la mer et l'horizon en attendant d'y voir s'y profiler la côte niçoise. Je m'exposais à ce soleil revigorant dont la chaleur était atténuée par des rafales de vent. Un couple de trentenaires qui avait pris la meilleure place sur le patio extérieur, celle protégée du vent par une rambarde en Plexiglass qui offrait une vue dégagée, me jetait des regards réducteurs. Ils se papouillaient, rigolaient avec exagération, s'embrassaient sans aucune pudeur. Je pris un air hébété, renforcé par mes prunelles apathiques, j'entrouvris légèrement la bouche, la lèvre inférieure pendante et me mis à baver en longs filets sur mon menton et mon pull. Pour en rajouter un peu, je poussai à intervalles irréguliers de légers renâclements. Puis je changeais brusquement de direction avec le fauteuil comme traversé d'une décharge. Combien de temps tiendraient-ils devant le spectacle que je leur infligeais ? Combien de temps soutiendraient-ils le regard face à la monstruosité que j'incarnais ? Gênés par ma prestation d'*actor studio* qui méritait bien un Oscar pour sa force d'interprétation, les deux tourtereaux finirent par se lever et s'écartèrent, profondément embarrassés. J'avais conscience que c'était par fraude que j'avais gagné ma place au soleil. Je recroisai ce couple un peu plus tard au self-service et ils me surprirent à parler de littérature italienne avec Serge. Ils prirent conscience qu'ils s'étaient fait berner et ne purent réprimer des messes basses outrées.

La traversée dura quatre heures, mais le débarquement s'effectua dans une confusion calamiteuse. Nous fûmes contraints de patienter un long moment dans le sous-pont du navire à nous asphyxier de la fumée polluante des moteurs qui tournaient. Chanceux, nous attrapâmes un taxi rapidement pour atteindre l'hôpital.

Un hôpital

J'avais toujours trouvé les établissements médicaux fascinants. Sans doute parce que, semblables à d'immenses fourmilières, ils nous embarquaient dans une spirale de préoccupations, d'agitations et d'émotions dont l'issue ne présageait rien de réjouissant. Ce que j'aimais également dans les hôpitaux, c'était que les faux-semblants y avaient peu de place. Pas le temps de s'embarrasser du paraître quand seuls quelques tubes nous maintenaient encore dans ce monde et que les médecins posaient sur nos corps meurtris des diagnostics incertains. L'hôpital cristallisait l'existence dans ce qu'elle projetait de plus brut. On y naissait, on y vivait, on y survivait, on y souffrait. Et, surtout, on y mourait. Dès l'ouverture des portes automatiques, le bruit, le mouvement, l'agitation désordonnée se manifestaient de manière théâtrale. Un trémoussement de vie. Serge, stoïque, assis à mes côtés, balayait frénétiquement par un doigté grossier et nerveux l'écran tactile de son portable, puis il se mit à feuilleter un magazine écorné, périmé, qui expliquait comment maigrir avant l'été et exhiber avec fierté, sur la plage, une poitrine ferme et bronzée. Avant de me confronter à la neurologue qui organisait et chaperonnait cette journée, une infirmière vint me chercher afin que je me prête à une batterie de tests et d'entretiens préalables : prise de la gazométrie sanguine, rencontre avec un cardiologue débonnaire, avec une nutritionniste en surpoids qui se débattait pour me convaincre de l'utilité de notre entrevue et d'un régime protéiné, avec un pneumologue, peu concerné, dont le cendrier posé sur le coin de son bureau débordait de mégots, tout un cérémonial pour justifier l'intérêt de ma visite. La douceur et la générosité du personnel aide-soignant m'inquiétaient, pire, elles me plongeaient dans un profond désarroi. On n'était jamais plus gentils qu'avec les mourants. Nous traversâmes un dédale de couloirs suintant la souffrance et l'espérance avant de nous réinstaller dans la salle d'attente où des infirmières en sous-effectif pestaient contre la mise en place des nouveaux emplois du temps et s'agaçaient de la sonnerie stridente et ininterrompue du téléphone.

Face à moi se tenait assise une femme mince, les jambes croisées, qui regardait vaguement le bout de ses chaussures, consultait sans cesse sa montre et frémissait d'impatience contre les médecins qui ne respectaient jamais les horaires. Sur la chaise d'à côté, un gamin, probablement le sien, six ans tout au plus, s'amusait avec un tracteur en plastique et des cubes en bois. Soudain, il délaissa ses jouets pour aller fureter dans les environs. Avec sa démarche d'homme bourré et son doigt dans le nez qu'il portait ensuite à sa bouche, il bafouillait à haute voix un langage que lui seul semblait maîtriser. Ma présence l'intriguait. Il se contorsionnait et se mettait les mains sur les yeux pensant m'y voir au travers sans être démasqué. Lorsque je surpris son manège, il rougit de honte et courut se cacher derrière la plante en pot censée égayer la salle d'attente embaumant la javel et la maladie. Puis, de son pas mal assuré, la moue soucieuse, mais déterminée, il vint se poster devant moi. Je lisais sur son visage l'incompréhension, l'incertitude et la perplexité, ses traits poupins se tordaient sous le poids de l'interrogation. Il observait le contraste entre les infirmières qui s'affairaient, multipliant les allers-retours, les patients debout en train de fumer une clope à la fenêtre ou se dépêcher de récupérer le résultat de leurs analyses, tandis que moi, immobile, j'étais assis dans un fauteuil roulant.

« Pourquoi t'es comme ça ?

– Parce que je suis une feignasse !

– Matteo, viens là ! Laisse le monsieur ! Ne l'embête pas ! Excusez-le ! Viens t'asseoir ! »

Dans son sabir, le gamin sembla interroger sa mère sur l'étrangeté du bonhomme qui se tenait face à lui.

« Chut, calme-toi maintenant ! Joue et tiens-toi tranquille ! », lui ordonna sa mère, embarrassée face à la candeur de son fils plongé dans l'ignorance et incapable de détourner les yeux.

Il ne pouvait pas savoir que sa présence ici se révélait cruciale. Dans quelques années, comme moi, il reviendrait non plus comme un enfant, mais comme une feignasse. Une huitaine de fauteuils roulants électriques où croupissaient des adolescents à la respiration saccadée stationnaient dans la salle d'attente, et l'on pouvait les suivre à la trace de bave comme les escargots. On se croyait sur un parking de bikers américains. Ils avaient morflé les Hell's Angels. Chanceux, épargné, je pouvais encore choisir entre fauteuil électrique ou manuel. Et c'était le genre de plaisir physique dont je ne me privais pas. Une porte s'ouvrit dans un grincement insupportable et un bourdonnement de voix essoufflées, de ceux qui ont trop parlé, résonna. Les parents de cette anomalie de la nature en fauteuil verticalisateur qui les précédait sortirent de la pièce en se répandant en interminables remerciements dégoulinants de mièvrerie. Cette célébration exagérée accroissait le sentiment de toute-puissance du médecin qui s'en gargarisait avec gourmandise. Un malade expulsé d'un vagin sain et désirable qui ne laissait rien présager du désastre qui se profilait. À l'image d'une bande-annonce alléchante qui accouchait d'un film raté.

Un protocole

La neurologue, le visage sévère, les yeux protégés d'épaisses lunettes, retroussa les manches de sa blouse immaculée et me pria de la suivre dans un grand geste impératif qui rappelait celui d'un maître à son chien. J'invitai Serge à se boire un café ou à s'en griller une pour lui épargner cet entretien ennuyeux. Pendant qu'elle s'installait à son bureau passant en revue la pile de dossiers pour trouver le mien, je pris place laborieusement entre les chaises et me tins prêt à la confession. Elle posa devant elle un magnétophone ainsi que les comptes rendus des analyses réalisées au préalable.

« Alors, racontez-moi tout ! » s'enquit-elle avec un accent espagnol reconnaissable à ses « r » roulés.

Je répondis simplement que je constatais une perte accrue de mon tonus musculaire et que, de fait, je restais attentif à une probable déperdition dans les mois à venir. La routine, en somme.

« Hum ! fit-elle en parcourant les feuilles volantes de mon dossier avant de reprendre à voix basse comme si elle se parlait à elle-même. Au niveau cardiaque, tout est bon, la paroi ventriculaire est un peu fine, mais ça va. Niveau nutri, pas de carence. Je vais quand même vous prescrire une ampoule de vitamine D.

– Vous m'en aviez déjà prescrit l'année dernière.

– Par contre la gazométrie n'est pas bonne, poursuivit-elle. La nuit, votre cerveau n'est pas suffisamment oxygéné. Vous dormez bien ?

– Pas vraiment.

– Il faut envisager un appareil respiratoire pour dormir. Vous marchez un peu ? »

Je fis « non » de la tête en m'abstenant de lui rappeler que je venais depuis six ans me soumettre aux mêmes examens et que la marche n'était plus qu'un vague souvenir d'une vie nauséeuse. En plus de son ton autoritaire, elle ne laissait transparaître aucun sourire de politesse, l'énumération de mes difficultés ne souffrait aucun temps mort ni aucune étincelle d'empathie.

« Il faudra y mettre du vôtre. Je ne peux pas TOUT faire à votre place. Il faut se bouger », me dit-elle en agitant son poing victorieux. Elle récitait ses gammes avec une concentration froide, teintée de sarcasme. Ce n'était pas méchant, juste condescendant ; je basculais du statut de patient à celui de client. Je me retins de lui exprimer le fond de ma pensée. Par goût de la contradiction, par esprit de revanche sur mes craintes de l'avenir, par amour des coups d'audace face à cette fâcheuse manie d'espérer, j'aurais voulu dégainer quelques saillies. J'aurais été sur la ligne de crête, en équilibre précaire, hésitant sur le côté où chavirer : celui du bagout et de la fougue ou l'autre, ronflant et ridicule. Je m'imaginais debout (un comble !), la pointant du doigt. Elle aurait vu pire dans le genre fantasque. Mais cette dérision me protégeait de tout. À l'indifférence, je répondais par le grotesque.

Agressif : Moi, madame, si j'étais face à un fauteuil, par conscience professionnelle, je jetterais un coup d'œil !

Amical : Prescrire un coussin anti-escarres à un myopathe de trente kilos puant la pisse vous apporte satisfaction et vous voilà convaincue d'être une superstar qu'il idolâtre pour lui avoir évité la décomposition.

Descriptif : C'est un handicapé ! C'est un invalide ! Que dis-je, c'est un invalide ! C'est un estropié !

Gracieux : La date de péremption dépassée, je constate le peu d'intérêt que vous me portez !

Curieux : Sommes-nous d'une si grande valeur pour que, lors de vos congrès, il soit de bon ton de nous exhiber afin que de vos trouvailles sur notre pathologie vous vous gargarisiez ?

Truculent : Ça, madame, vendre de l'espoir à des condamnés pour mieux s'enrichir est une preuve de cynisme qui me plonge dans le désespoir. Vos super-mutants retiennent l'attention de vos collègues et des laboratoires ! Vous voilà couverte de dollars pendant que ces mêmes handicapés croupissent au fond de leur lit assaillis d'idées noires !

Venimeux et amer, c'était ce que j'aurais voulu lui dire mais je ne fis rien, rattrapé par une lassitude découragée.

« J'ai plusieurs patients qui présentent des troubles variables. Je m'occupe de maladies très rares dont le diagnostic est parfois difficile et pour lequel nous disposons de thérapies novatrices et coûteuses. Les nouvelles technologies nous aident et nous sommes en train de nous organiser pour vous fournir les informations indispensables sur les progrès de la médecine. D'où l'intérêt pour les patients de venir en consultation ! Toutefois, nous observons les avancées de la télémédecine pour favoriser le suivi des patients.

– C'est une bonne nouvelle, ce voyage implique des efforts et des coûts non négligeables.

– Pour en revenir au traitement de ventilation nocturne, ne tardez pas à entreprendre les démarches. »

Je fis la moue, et voyant que je tardais à donner ma réponse, elle continua sa démonstration. J'eus l'impression qu'elle m'infantilisait du haut de son statut de médecin savant et puissant, que je devais m'en remettre complètement à son expertise. Quelqu'un entre ces murs s'intéressait-il à ce que je vivais ?

« Je ne peux pas faire les efforts à votre place. Gardez en tête qu'il faut agir plutôt que réagir !

– Justement, j'ai noté quelques alertes physiques pour en discuter. J'écoute mon corps et je suis attentif à ses...

– Entendre votre corps c'est bien, comprendre votre corps c'est mieux, me coupa-t-elle. La façon de traiter les malades va se modifier grâce à l'arrivée de nouvelles molécules capables d'apporter de vrais bénéfices cliniques. Je connais la maladie, croyez-moi. »

Elle se tenait droite et me piétinait de son implacable arrogance.

« Votre myopathie est une pathologie rare, évolutive et invalidante. Elle est causée par une expression aberrante de la protéine DUX4 dans le muscle squelettique, qui entraîne la mort du muscle et son remplacement par la graisse. Des protocoles thérapeutiques recrutent et votre profil entre complètement dans les critères de sélection. Les technologies qui nous ont déjà servi à développer les nouvelles thérapies pourront nous aider à avoir des outils permettant de mesurer l'intérêt du malade... pardon... les évolutions bénéfiques pour le patient dans sa vie quotidienne. Votre âge, votre sexe, votre état général représentent de véritables atouts dans le cadre de ce processus. Je vous incite à vous inscrire dans ce programme. Par conscience professionnelle, je ne m'avancerai pas en évoquant un recouvrement des capacités motrices. Mais les essais ont commencé en Italie et aux Pays-Bas sur une cinquantaine de patients volontaires et les retours, encourageants, nous confortent dans le lancement d'essais cliniques ici en France. Vous êtes dans un cercle vicieux : vous devez bouger pour conserver vos mouvements et votre indépendance, mais plus vous sollicitez votre corps, plus vos muscles subissent des inflammations et s'épuisent sans possibilité de les récupérer. La guérison n'est plus un espoir vain, aidez la science à vous guérir ! »

Elle agitait le mouchoir usé de l'espérance et flattait par ses belles paroles l'ambition utopique et délirante qui m'animait : celle de marcher. Ce trésor caché au fond d'un désert un peu trop grand pour mes roues. Je m'enfonçais, avalé par les sables mouvants de mes interrogations. Avais-je vraiment une bonne gueule de cobaye ? Elle continuait de me maintenir la tête sous le flot de ses explications. Allais-je marcher ? Comme les autres ? Me mettre debout ? Face aux autres ? Me lever ? Tenir mon verre tout seul ? Me déplacer sans aucune aide extérieure ? Attraper quelque chose en hauteur ? Allais-je ressembler à tout le monde ? J'en avais tellement envie. Je suffoquais, noyé par l'optimisme. Je me rêvais beau, je me rêvais grand, je me rêvais fort. Elle décrivit le protocole avec conviction : « Ce sont des piqûres. Rapidement, votre état devrait cesser de se dégrader et vous pourrez redémarrer une vie plus active. Les injections stopperont l'affaiblissement de vos muscles, limiteront leur dégénérescence jusque-là incontrôlée et, si vous réagissez bien, les reconstitueront, leur rendant une partie de leur motricité. Ce traitement peut mettre un coup d'arrêt à l'évolution de la myopathie et soigner les inflammations qui touchent vos organes et causent vos douleurs. Il faudra bien sûr continuer la kiné pour retrouver de la force, de la dextérité et de la mobilité. C'est un processus très encadré qui ne tolère aucun manquement. Vous devrez suivre à la lettre toutes les recommandations.

– Je peux espérer marcher ? demandais-je timidement.

– Vous pouvez l'envisager à moyen terme, oui. Vous allez recouvrer de la force musculaire et de la tonicité qui faciliteront vos gestes du quotidien. Vos transferts, par exemple ! Et avec la rééducation, vous pourrez vous lever et considérer la marche avec un appui tel qu'un déambulateur ou une béquille.

– Je suis un peu sonné par tout ce que vous me dites. J'ai l'impression d'être dans un rêve.

– Vous pouvez justement vous réveiller !

– Il y a des formalités, je suppose ?

– Vous êtes majeur et avez toute votre tête donc ça va aller vite. Si vous étiez sur place, vous seriez admis en hôpital de jour pour suivre le traitement. Mais dans votre situation, on ne va pas vous faire venir toutes les semaines. Nous mandaterons une infirmière à domicile pour vous administrer les piqûres. J'envoie les nouvelles directives à votre kiné et, surtout, reposez-vous, une intense fatigue fait partie des effets secondaires.

– Des effets secondaires ?

– Comme chaque traitement, il existe une balance bénéfice-risque, mais tout est encadré pour minimiser ces effets. D'autant plus que le suivi est dosé selon chaque patient. Donc restez investi et sérieux, et signalez-moi tout ce qui pourrait vous sembler anormal au regard des informations données dans le livret du protocole. Gardez en tête que trop d'efforts tuent l'effort. Qu'il faut éviter les excès. Et se montrer raisonnable. »

Elle conclut sur la lenteur administrative et le financement difficile de la recherche scientifique et médicale en France, puis se leva et prit la peine de me pousser hors de son bureau. Serge discutait avec une infirmière dans le couloir. Je ressortais de cette heure d'entretien lessivé, contrarié, perdu. Nous décidâmes de nous installer à la terrasse d'un restaurant proche du port pour boire un verre, manger un morceau et patienter jusqu'à l'embarquement.

Exténués par le rythme infernal de la journée, nous convînmes d'aller nous coucher directement. La cabine étroite, poussiéreuse, ne troubla pas Serge qui s'endormit en quelques minutes. Pour ma part, la fatigue prit son temps pour l'emporter sur mes tourments. Finalement, les sollicitations du service public qui nous bassinait pendant deux jours avec le Téléthon dans un cérémonial des plus déprimants pour financer en partie le protocole servaient à quelque chose. Du moins, je l'espérais. Empiler les infirmes et assister à un défilé de gamins s'épanchant sur leur malheur pour que pleurniche la ménagère qui, une semaine plus tard, ne se gênera pas pour se garer sur la place handicapée située au plus près de l'entrée du centre commercial, constituait un spectacle dérangeant pour lequel je n'achetais pas de tickets. Chaque année, l'attitude outrancière des personnalités invitées, qui surjouaient leur rôle de trublion, en hurlant à plusieurs reprises le prénom de chaque enfant présent sur scène et en gesticulant autour d'eux comme autour d'une barre de pole dance, était vivement critiquée sur les réseaux sociaux et par une flopée de messages de téléspectateurs qui défilaient sur un bandeau en bas de l'écran. Selon certains commentaires moirés de bienveillance et troublés d'intelligence et de sensibilité, l'impudeur de la célébration et la glorification de ces corps dégénérés leur donnaient presque l'envie d'épouser les thèses d'un eugénisme libéral. Si ma vie était problématique, elle représentait davantage un problème pour les autres. Alors dans le but que le compteur grimpe, le Téléthon n'hésitait pas à montrer le potager le plus longuement filmé de l'histoire de la télévision française tant les légumes s'enracinaient sur le plateau. *Silence, ça pousse*. Ou, dans une version plus glamour, la fashion week de la myopathie. Quelles étaient les nouvelles tendances cette année ? La Duchêne ou la FSH ? Et la couleur de saison ? Le noir assurément, qui camoufle mieux les escarres. Les traditionnelles top-modèles anorexiques cédaient la place à des myopathes aussi épais que le casier judiciaire de l'abbé Pierre. Les Apollon gorgés de vitalité s'effaçaient au profit de pantomimes disgracieux qui expectoraient leur misère à une heure de grande écoute. En plus de leur détresse, les malades en stase terminée étaient obligés d'assister aux concerts d'artistes au succès en phase terminale. On remerciait les mécènes avachis dans leurs canapés, la larme de la commisération au coin de l'œil, le cœur essoré par la compassion, pour leur indulgence et leur endurance face à cette tragédie télévisuelle. Donnez toujours. Non par pitié. Par pitié !

Une île

Après avoir libéré la cabine, nous nous installâmes, la bouche pleine de croissants, les mains graissées de miettes au beurre, la tête encore alourdie de sommeil, sur le pont pour accoster dans le port de Porto-Vecchio. Serge me racontait, entre plusieurs mastications bruyantes, ses souvenirs de jeunesse avec ses amis de bringue où ils s'invitaient sur les plages naturistes en vêtements de chasse, munis de carabines, semant le bordel, tirant en l'air et jetant des seaux de peinture sur « les bites à l'air » qui se doraient la pilule sur le sable.

En général, pour ne pas finir rongé par l'ennui, je pensais beaucoup. À tout et à rien. Je philosophais sur l'existence. Je m'obstinais à faire marcher ma tête à défaut de faire cogiter mes jambes. Il m'arrivait parfois de griffonner maladroitement quelques réflexions sur ce monde dans lequel j'essayais de trouver ma place. Ou de rédiger plus proprement sur mon portable des idées que j'espérais éclairées. Cela m'amusait, me permettait de ne pas ressasser ma morosité. En attendant d'accoster et de retrouver mes habitudes et le confort de mon appartement, j'admirais la Corse qui se dessinait à l'horizon.

Dans la brume matinale, je devinais les flancs gonflés de mon île, ses côtes contorsionnées recouvertes de chênes comme autant de poils sur une peau crevassée. Son ventre repu, sa poitrine rocailleuse et son corps extravagant baigné de soleil étaient bercés par une mer d'huile. D'une certaine façon, elle me ressemblait. J'étais un corps aux contours brouillés, aux reliefs brusques, ma peau comme une rive sauvage ou une frontière fragile pouvant se rompre à tout instant. La Corse offrait bien plus de problèmes que de solutions. Comme moi. Elle demeurait la cible facile de tous les clichés les plus stupides et délirants que des personnes au QI frôlant le négatif éructaient sans une once de recul et d'intelligence. Comme moi. Elle était usée, mon île. Comme moi. Elle était tellement mais pouvait tellement plus. Comme moi. La Corse, désinvolte, altière, était toujours habitée de la même envie, chaque jour, grandissante, de s'en sortir. Comme moi. Elle engendrait une société qui se regardait à la limite de la schizophrénie et refusait de faire comme tout le monde. Comme moi. Et à force de ne pas faire comme tout le monde, elle ne ressemblait plus à personne, et de moins en moins à elle-même. Comme moi. Jamais je n'avais vu une île s'interroger avec autant de force sur son identité. Comme moi. Mais tout s'oubliait, rincé par la vision de la mer. De la Corse, on attendait beaucoup. Trop peut-être. Elle nous avait raconté des histoires magnifiques, mais c'était à elle-même désormais qu'elle racontait des histoires. Tandis que la mienne était en train de s'écrire. Ma vie n'avait pas encore changé, mais déjà elle n'était plus tout à fait la même.

| 3 |

Un matin

Le matin naissait, craintif, dans le silence pesant de la ville endormie que ne réveillait pas encore le moteur toussotant des premiers ouvriers. Le soleil paresseux glissait ses doigts malingres à travers les lames des stores vénitiens. Je ne sortais pas beaucoup la journée. Voire même pendant de longues semaines. Non par vampirisme ou manque d'envie, mais par dépit. Mes amis, travaillant, ne m'honoraient de leurs visites qu'en soirée quand la fatigue les épargnait. Le désir de bouger m'étreignait à me briser les os, chuchotait une liste interminable d'endroits jalousement défendus par la myopathie, mégère acariâtre, frustrée et peureuse. Depuis mon retour de Nice, je brûlais d'un feu dévorant et mon enthousiasme se perdait dans la luxuriance de mon imagination. Je m'attachais à donner un tempo entraînant à mon quotidien, pour que mon existence conjugue à la fois mouvement et intensité. Par-delà la fenêtre, ouverte sur l'horizon, me voilà parti, vagabond sans frontière, voyageur sans retour, Ulysse sans destinée, libre sans crainte.

Une tentative

En règle générale, je mettais quinze minutes à me lever. Façon de parler. Je ne répondais pas aux lois établies de la fainéantise et de la mollesse, et pour cela je m'astreignais à une préparation minutieuse et nécessaire, imposée par mon état. Cette cérémonie de gestes ordonnés et immuables ne devait connaître aucune imprévisible variation sous peine de ramasser mes dents sur le carrelage. Comme rien ne m'appelait dehors, je tuais les heures en traînant sur Internet, me promenant de page web en page web avant de tomber sur un site de rencontres où je m'égarais. L'inscription exigeait une photo de profil. Je la tronquai, la rognai pour présenter un cliché flatteur. Dans un premier temps, je supprimai toute trace de mon handicap en éradiquant le fauteuil, mon trône de seigneur impotent. Puis je masquai l'imperfection, gommai la disgrâce, camouflai la singularité à grands coups de filtres mensongers. Je m'attardais sur chaque détail, privilégiant un cadrage, jouant sur une exposition de lumière subtile. Cela faisait plusieurs années que je n'étais pas allé sur un tel site. Je m'aperçus rapidement que les règles n'avaient pas changé et que le schéma se répétait inlassablement. L'excitation du début laissa vite place à l'amertume tant ces sites ressemblaient à une cour des miracles où étaient couronnés les rois les plus névrosés et les princes les plus marginaux. J'avais beau m'efforcer d'envoyer des messages originaux, je récoltais très peu de réponses. On me proposait une grande majorité de femmes ayant dépassé la quarantaine et se sentant complètement esseulées. Elles étaient en général facilement séduites. Je le savais puisque j'avais déjà expérimenté des relations virtuelles avec ce genre de profil vers la fin de mon adolescence, époque à laquelle j'avais besoin de savoir si ma personnalité pouvait plaire malgré mon handicap. Mes amis lycéens connaissaient leur premier amour, tandis que j'éveillais les préjugés et les réflexes de rejet. Je mentais à ces femmes sur tous les aspects de ma vie pour récolter un peu d'attention. Je me vieillissais, m'inventais mille métiers, usais de stratagèmes honteux qui ne faisaient que crier ma détresse. J'excellais dans l'art de la dissimulation. Ma technique était simple : je me montrais un brin spirituel, j'évitais les fautes d'orthographe qui avaient tôt fait de les crisper et je n'hésitais pas à les complimenter pour les rassurer, elles qui me rabâchaient leurs misères amoureuses et critiquaient la lâcheté masculine. Leurs déceptions et leurs réticences, dans la plupart des cas, ne tenaient pas plus de vingt minutes face à mon esprit fin et taquin. Voilà qu'elles m'adressaient des photos de leurs seins en me jurant que c'était la première fois, qu'elles ne se reconnaissaient pas, mais que j'avais su raviver leur libido. Elles me harcelaient de messages larguant à la volée des « Je t'adore », des « Je t'aime beaucoup », ignorant qu'elles s'emballaient stupidement et s'accrochaient à un mensonge. Pire, elles se vexaient, assénaient des phrases désagréables au pompier, au coach sportif, au directeur d'agence, au guide de montagne que j'incarnais à tour de rôle selon mes interlocutrices. Si ma réponse n'intervenait pas dans la minute, elles se plaignaient au bout de quelques jours d'échanges que je ne leur témoignais pas l'attention qu'elles exigeaient. Elles demandaient une rencontre que j'étais incapable d'accepter au vu de ma cohorte de mensonges. Je finissais par ne plus réagir ou prétendre un emploi du temps trop chargé et, d'elles-mêmes, elles se détournaient vers un *match* plus entreprenant. La relation se terminait avant même d'avoir commencé. La myopathie m'enfermait dans un sale corps, j'expérimentais toutes les nuances de la lâcheté pour ne pas goûter à la souffrance de l'exclusion, je me trouvais des excuses pour ne pas heurter la vérité de plein fouet.

Après avoir consulté des profils de femmes défraîchies et mâchouillées par la solitude, je misais sur mon intuition et réévaluais mes critères de sélection pour ne choisir que des trentenaires célibataires et m'épargner celles qui, bouffies d'orgueil et de suffisance, me jugeraient d'emblée sur le physique, n'hésitant pas à grossir ma disgrâce en la moquant sans retenue. J'en avais fait l'amère expérience avec une « Bellegossedu38 ». Douloureux souvenir. Mon choix s'arrêta sur Manon, une blonde aux yeux bleus avec un grain de beauté au-dessus de la lèvre, qui stipulait dans son annonce : « Exaspérée d'être prise pour une conne par des mecs lourds, je recherche uniquement un homme sensible, joueur, intelligent, ayant de la répartie. » En soi, je comprenais sa requête, j'espérais la même chose. Je lançai un « Coucou Manon » un peu niais.

Sa réponse fut immédiate : « Salut, tu fais quoi ? »

« Je traîne sur ce site pour passer le temps et rencontrer des personnes intéressantes »

« Ok »

« Et toi ? Ton annonce m'a plu donc je me suis lancé »

« Ah ok lol »

« Tu es bavarde ! Pas trop vite, je n'arrive pas à suivre ! »

« MDR »

Je m'enlisais dans une discussion parsemée de « ok », « lol », « mdr », face auxquels il était difficile de répliquer pour relancer une conversation qui n'avait pas décollé et qui ne décollerait jamais puisqu'elle avait décidé de ne faire aucun effort. Après dix minutes à ce train-là, elle m'invita à la rejoindre : « T'es où là, ça te dit qu'on se rencontre ? On se balade un peu et on s'arrête boire un verre dans une paillote ? » Je fus surpris par cette invitation aussi soudaine qu'inattendue mais n'ayant plus le choix, je confessai : « Ça peut être sympa mais comment dire… je suis invalide donc la plage, c'est pas le plus pratique. » Elle se déconnecta subitement et me bloqua de façon à ce que je ne puisse plus la contacter. Je préférais employer le mot « invalide » que « handicapé ». Il effrayait moins pourtant. J'aurais voulu combattre les idées hérissées de clichés, refuser l'entrée dans le dictionnaire de termes qui excitaient le supplice. Malgré l'attitude blessante de Manon, je persistai et menai plusieurs conversations de front avec « Magalie2A », « Sihamdoulilah », « Papillondenuit » « Princesse rebelle », etc. J'enchaînais les déconnexions intempestives à la simple évocation de mon handicap, collectionnais les questions en suspens et les réponses restées lettre morte, une suite de déceptions qui m'entraînèrent peu à peu vers la déprime. Dans une ultime tentative, je contactai « MarinaBella » dans les mêmes circonstances que Manon… et avec le même succès. En adepte des défis, je bataillais, je m'échinais, je m'efforçais de varier les approches pour arracher une réponse de plus de trois mots qui pourrait enfin légitimer une affinité.

« Tu as déjà voyagé ? » « Non »

« Ta passion ? » « Me marrer »

« Un film préféré ? » « Non »

« Un souvenir d'enfance ? » « Pas vraiment »

« Ton plus grand rêve ? » « Ch'ais pas, j'm'en souviens plus quand j'me lève »

« S'il te restait une journée à vivre, tu ferais quoi ? » « Je ne sais pas »

De mon côté, j'annonçais mon handicap comme si de rien n'était, comme si c'était quelque chose de parfaitement normal, anodin : « Moi je suis en fauteuil roulant à cause d'un accident de voiture donc la réponse est simple, mais toi, si tu pouvais changer une chose chez toi, ce serait quoi ? » Son absence flagrante d'intérêt à mon égard me rabaissait et me confrontait à ma propre médiocrité. Elle s'en tamponnait parce qu'elle multipliait sans doute les discussions avec une huitaine de mecs aussi accablés que moi. Mes tentatives découragées étaient pulvérisées par l'indifférence qu'elle me témoignait et achevaient de me noyer dans la solitude et la torpeur. N'ayant plus rien à perdre, je décidais de jouer d'allusions, de flegme, cultivant le second degré et l'insolite : « J'aime la cuisine italienne, j'adore les myopathes et toi ? » avouai-je, « Bah je connais pas, je préfère les carbonaras de toute façon ! » m'affirma-t-elle. Je quittai la session.

Pour me changer les idées et alléger ma tristesse, je me moquais de débats « passionnants et intelligents » sur les réseaux sociaux dont le véritable problème ne résidait pas dans leur usage mais plutôt dans l'imbécilité des usagers. J'adoptais une posture d'observateur vis-à-vis de ce monde virtuel, bousillé par ses certitudes naïves, corrompues de caprices, et sa perversité. Monde dans lequel je trouvais néanmoins une échappatoire. Les réseaux sociaux s'imposaient comme un curseur représentatif de la sociabilité. On s'évaluait au nombre de Likes qu'on était susceptible de récolter. Un chiffre élevé attestait d'une popularité incontestable ou d'une beauté évidente, et reflétait dans tous les cas un potentiel social considérable que les plus démunis d'atouts sociaux ne pouvaient comprendre. Je voyais mes amis poster des photos de cocktails, indiquer leur présence dans les différents restaurants de la ville, partager les splendides panoramas immortalisés durant leurs randonnées ou voyages aux quatre coins du monde. Je voulais sortir de prison et cesser de vivre par procuration la vie de ces « autres » qui m'intéressait non pas par une curiosité quelconque mais par la perspective désespérée de fuir une réalité frustrante. J'enviais toutes ces choses que ce monde qui m'était inadapté leur offrait, tous ces plaisirs dont je ne pouvais profiter selon mes désirs ou alors au rabais avec l'aide extérieure de Romain. Entre les clichés de plats cuisinés, de nouveau-nés et les mises en scène ratées d'une vie morne et insignifiante, je lisais les remarques de connaissances s'improvisant psychologues de comptoir, économistes de salon, idéologues de fin de soirée. J'assistais, caustique, à un défilement ininterrompu d'aigris, de contestataires de tous poils, de pourfendeurs de la bienséance, de l'orthographe et de la mesure. Place forte du terrorisme grammatical, les réseaux sociaux déroulaient le tapis à des milliers de guerriers décérébrés et analphabètes, à des centaines d'amazones dyslexiques qui se dressaient comme un seul homme contre la démocratisation de l'intelligence et du bon sens. J'observais l'émergence d'une stupidité sans frontières, sauvage et pleine d'avenir. Les attentats se voulaient d'abord visuels puis intellectuels et je constatais avec stupeur où menaient les réseaux sociaux quand ils étaient arpentés par autant de marathoniens de la bêtise. Les lettres oubliées, les conjugaisons torturées, le sens explosé, la langue fanée et les obscurantistes de l'orthographe, martyres 2.0, triomphaient, polluant l'esprit de quelques individus encore lucides et détachés. Nietzsche voyait dans la grammaire le dernier refuge de Dieu. Je crois que Dieu est mort le jour où il a lu : « Sa va ? » et « Comme même ».

Une confession

J'éteignis l'ordinateur et me préparai en attendant Romain qui avait envie d'aller se balader, notre rituel quand on ressentait le besoin de parler de tout et de rien. Souffrant des aléas d'une faible autonomie, à l'image des smartphones, je me pliais à une organisation rigoureuse et attentive pour anticiper toutes les situations. En plus de me priver de muscles fonctionnels et réactifs, la maladie m'amputait de ce qui, à mon sens, demeurait primordial dans l'éventail des qualités humaines : la spontanéité. Mon corps immature et capricieux se traînait, s'entêtait, tirait la gueule, boudait, ronchonnait. Chaque mouvement exigeait une réflexion poussée et une méthode qui ne tolérait aucune nonchalance : me servir un verre d'eau m'imposait des stratagèmes de gesticulation, enfiler une paire de chaussettes me bousculait dans des singeries ridicules, ramasser un objet au sol m'empêtrait dans de malhabiles agitations. La myopathie avait des impératifs contre lesquels on ne pouvait rien.

Romain klaxonna avec insistance pensant que j'accourrais comme un chien pour sauter par la vitre de la portière à la manière des acteurs de séries américaines. Je lui envoyais un message pour lui rappeler qu'il devait venir me chercher. Sa réponse : « mais quel casse-couilles ! » Si ça ne tenait qu'à moi, je roulerais des heures sans destination pour fuir cette foutue lassitude. Mais ce soir, Romain voulait aller en bord de mer. Pendant notre trajet, l'animateur radio annonça en grande pompe l'ouverture du jeu automnal qui permettrait à un auditeur de gagner un séjour à Londres pour deux, puis balança avec une voix chaude et entraînante le tube funk d'un groupe californien. Romain se gara sans difficultés face à la mer dont les vagues blanchies d'écume étaient fouettées par un vent chaud. J'abaissais la vitre pour profiter de l'air marin. Une nuit lourde s'abattait sur la plage déserte où seul résonnait le bruit lancinant du ressac. Les lumières des maisons, veilleuses attentives de l'ombre, criblaient le versant de la colline, prouvant que les résidences secondaires, virus électoral, qui pullulaient comme des champignons de tuiles et de béton et contaminaient les flancs rocailleux, étaient encore habitées à cette période de l'année. Les maisons de maître, bunkers informes, s'épaulaient sur les hauteurs inaccessibles aux classes moyennes. Nous passions du temps à discuter de nos craintes, à nous épancher sur nos tracas, à éveiller nos inquiétudes, à confesser nos faiblesses. J'expliquai ma décision d'intégrer le protocole de soin et les mesures adaptées à son bon fonctionnement. Je n'en doutais pas, mais il m'assura de son soutien sans faille dans ces étapes qui jalonneraient désormais mon quotidien. Malgré son enthousiasme sincère, je devinai que mon pote me cachait quelque chose.

« Tu n'as pas l'air en forme, constatai-je.

– Je suis un peu fatigué, m'avoua-t-il dans un sourire pincé. Peut-être le contrecoup de la saison ?

– Fais une cure de vitamines !

– Ouais, je ferai un tour chez le pharmacien dans la semaine. En ce moment, j'aide mon père à démaquiser nos terrains. On envisage de construire quelques appartements.

– Génial ! Cherche pas, c'est pour ça que tu es épuisé !

– Va savoir ! Et toi, tu ne t'ennuies pas trop à la maison ? Je vais passer te voir plus souvent.

– On fait aller ! Je ne vais pas te dire que je m'éclate mais j'essaie de m'occuper. Ce qui m'emmerde, c'est qu'il fait beau donc j'ai envie de bouger.

– Je m'en doute, se désola-t-il, le visage accusant une légère fatigue. Tu gardes le moral ? Pas vrai ?

– Autant que possible et plus que toi, j'ai l'impression !

– C'est rien, ça va passer, un coup de blues comme on en a tous.

– Un coup de blues ? Qu'est-ce qu'il y a Romain, sérieux, parle-moi ?

– Rien de particulier ! Je me pose plein de questions, je… je… réfléchis à des trucs. J'ai trouvé des stages sur le continent mais je ne sais pas si je vais perdre mon temps là-bas. Et je ne trouve pas de filles intéressantes ici avec qui construire une vraie relation. Je tourne en rond, je n'ai pas de projets. Alors tu vois, toutes ces choses mises bout à bout, ça me contrarie.

– Je vais te dire moi ce qu'il faut que tu fasses ! Déjà, arrêter les sorties qui ne servent à rien. T'as donné ! À part gaspiller du temps et de l'argent, ça ne va rien t'apporter. Tu as plein d'idées, je le sais. Arrête de tergiverser ou de te trouver des excuses et lance-toi !

– Plein de trucs me plaisent mais je ne sais pas dans quoi me lancer, se plaignit-il.

– Romain, fais gaffe, ça me rend fou ce que tu dis ! Tu as tout pour réussir et tu ne fais rien. Je ne veux pas attirer la pitié, tu me connais, mais putain si j'avais tes jambes, je ferais des millions de choses ! Déjà, je te botterais le cul pour que tu te bouges.

– Je sais que tu as raison et crois-moi, je déteste mon attitude mais j'y peux rien. J'aime m'impliquer dans le projet des autres pour les conseiller et les aider à réussir, mais pour moi j'ai la flemme de tout. Donc j'abandonne.

– Personne ne le fera à ta place ! »

J'étais persuadé que si certains étaient tétanisés par la peur d'échouer, Romain, c'était l'inverse, il était paralysé par la peur de réussir. Il redoutait le poids du succès et préférait la légèreté du renoncement. Pourtant, rien ne le prédestinait à le voir fricoter durablement avec la fuite en avant. Une scolarité sereine, harmonieuse, voire prometteuse : une licence de droit et un master de gestion du patrimoine sans trop se forcer. Suffisamment encourageant pour que d'intéressantes opportunités s'offrent à lui. Mais il avait fui les postes à responsabilités et les concours administratifs. Il avait été rattrapé par sa paresse et la facilité : reprendre la suite de son père pour superviser une résidence de locations estivales composée de plusieurs villas. Un projet qui ne le comblait pas vraiment. Toutefois, devenir patron ne se refusait pas. Il se tenait là, au milieu de nous tous, ancré dans sa flemmardise, immobile dans cette vie qui tangue. Aimant se définir comme un oisif, un contemplatif, un traînard. Je tentais de lui remonter le moral et le poussais à saisir sa chance, à s'interdire de ne vivre que par fulgurances.

« Il faut aller chercher les trucs avec les dents ! Regarde-moi, au moment où j'y croyais plus, l'opportunité du traitement me tombe dessus. On ne réfléchit pas, on attaque !

– T'as raison, on arrête de se plaindre et on arrache tout ! Fini de parler de ma déprime ! Toi, dis-moi, comment tu te sens ?

– J'ai hâte de commencer !

– T'as trouvé une fille pour fêter ça ?

– Tu parles ! C'est le calme plat. J'ai traîné sur des sites de rencontre et c'est une catastrophe. Ce n'est pas pour moi, je crois.

– Je ne comprends pas pourquoi ça ne marche pas sur les sites de rencontre avec toi parce que ça permet aux femmes de ne pas voir ta sale gueule de suite ! Ce qui n'est pas négligeable comme avantage…

– Comme t'es lourd, persiflai-je.

– T'as pas craqué sur Sophie Lastri ?

– Craqué, c'est un grand mot, mais oui, je la trouve jolie. Elle me plaît bien.

– Tente ta chance ! Elle a baisé avec des mecs plus dégueulasses que toi.

– Mais eux, ils marchaient ! Tu sais très bien que c'est juste injouable et que le fauteuil est, à lui seul, le meilleur moyen de contraception. C'est mort. Une femme a besoin d'être charmée. Et c'est normal, c'est humain ! Se faire aborder par un mec debout, plus ou moins à l'aise, n'est pas forcément synonyme de succès, alors un gars qui se traîne comme une larve sur cinq mètres dans un fauteuil qui couine, laisse tomber. »

Je lui expliquais que le politiquement correct autour du handicap me dérangeait, à toujours vouloir infantiliser ou plaindre les invalides. Je me méfiais également de l'hypocrisie de celles que j'essayais de séduire et qui me rembarraient en me disant « mais ne t'inquiète pas, tu vas trouver une fille géniale qui te correspond vraiment », tandis qu'elles-mêmes n'envisageaient pas une seconde une relation avec moi. Je ne comptais plus les nombreuses sorties dans des bars de désespérance grands comme des chambres d'étudiants où des copains que je croisais ne me saluaient pas, mais qui, une fois bien bourrés, débarquaient avec de larges sourires, me gratifiaient d'accolades à me briser les os, m'exhortaient à boire avec eux, me lâchaient des « Ah, je ne t'avais pas vu ! » dégoulinant de malhonnêteté. Je me retenais de leur répondre qu'il était prodigieusement difficile de ne pas remarquer un mec en fauteuil roulant dans une pièce de 25 m^2. Tant de souffrances, de peines, de malheurs pour au final ne pas être considéré. Cruelle injustice.

Romain me regardait avec cet embarras d'ami qui ne souhaitait pas me blesser. Il n'y avait qu'avec lui que je m'ouvrais aussi sincèrement, que je n'éludais aucun sujet, que je me laissais aller à cet excès de lucidité. J'enchaînais avec d'autres anecdotes comme celle d'une saisonnière qui avait gratifié mes amis d'une bise pour les saluer et m'avait serré la main mi-forcée mi-dégoûtée. J'avais galéré avec mon bras pour lui rendre la pareille alors qu'une bise m'aurait tellement facilité la vie.

« Tu veux que je te calcule le nombre de fois où les gens s'étonnent que je puisse m'exprimer correctement et réfléchir ? Des dizaines, Romain ! Comment tu veux que je réagisse à ça ? Le pire, c'est que je ne peux pas leur en vouloir. Quand tu me poussais, combien de personnes te parlaient en te fixant pour s'adresser à moi ? Hein ? Combien ? Comme si je n'existais pas trente centimètres plus bas ou qu'elles me cataloguaient d'entrée de jeu comme déficient mentalement. Même à un chien, on parle avec moins de dédain ! Et tous ces imbéciles qui tournent la tête dès qu'ils m'aperçoivent, comme si ma présence salissait leur horizon, agressait leur regard ? Comme la photo d'un sublime panorama salopée par une poubelle au premier plan. Oui, je gâche leur paysage. En fait, c'est l'idée que l'handicapé doive être un grand malade, alors on peut être compatissant tout en maintenant la distance indispensable à la condescendance. Ces cons oublient que la maladie est un horizon toujours possible, et non le mal par excellence.

– Y a des places « handicapé » partout ! De quoi tu te plains ? me provoqua Romain avec amusement.

– Alors que la grande majorité ne sait pas conduire ! Je vois sur le visage des gens le mélange de pitié et d'hypocrite empathie. À force, j'ai fini par le ressentir comme une insulte. J'assume mon handicap sereinement, mais je ne serai jamais perçu indépendamment de lui... Bref, t'as compris pourquoi essayer de draguer Sophie Lastri est suicidaire ? J'ai longuement réfléchi au sujet de l'amour et de l'invalidité. J'ai cherché sur Internet des livres qui en parlaient pour m'inspirer un peu mais je n'ai rien trouvé d'intéressant.

– Peut-être parce que ça ne passionne personne ! ironisa Romain.

– Évidemment ! Le sexe et le handicap c'est aussi logique qu'un cendrier sur une moto.

– Je vais te rassurer : on est toujours l'handicapé de quelqu'un ! Pourquoi tu ne l'écrirais pas ce livre ? ajouta-t-il en plaisantant.

– Par manque de talent tout simplement ! Moi, écrire un livre sur l'amour ? Ce serait triste à mourir ! répliquai-je.

– Te concernant, l'amour a intérêt d'avoir des bras musclés pour te mettre en voiture ou pour te porter jusqu'au lit ou aux toilettes ! » se moqua-t-il en me détaillant de pied en cap.

Romain conclut par une métaphore économico-philosophico-absurde. Pour résumer, j'étais un paquet de céréales abîmé, esquinté, celui qu'on reposait aussitôt sur l'étagère même si c'était la même recette, le même prix. Le packaging n'étant pas des plus attirants, on le planquait bien au fond pour éviter aux autres clients de se faire avoir. Mais il arrivait que des fois, moi, le paquet bousillé, je sois choisi par quelqu'un qui s'en foutait. Je n'avais qu'à attendre une promo pour que l'on m'arrache.

« Qu'est-ce que tu racontes comme conneries ? On symbolise la fragilité et le monde extérieur est dur et impitoyable avec les faibles. Les gens n'imaginent pas un handicapé qui baise, un point c'est tout. Et à juste titre, rien ne pousse au fantasme. Demande à tes amis, tu verras…

– Déjà, c'est toi mon ami et voilà que je t'imagine en train de… Quelle angoisse ! Même si je pense que tu pourrais avoir du succès sur des sites pornos chelous, souligna Romain en attrapant un paquet de clopes dans la boîte à gants. Mais bon, y a suffisamment d'horreurs sur Internet pour en plus y voir des handicapés niquer. Un peu de pudeur tout de même ! »

Je lui épargnais le décompte de celles qui pensaient que je ne bandais pas et qui supposaient que mon existence relevait du film d'épouvante émaillé de séquences tragi-comiques, d'érections ratées, de positions restreintes, d'absence de désir précis, d'infirmité sensuelle. Il ne fallait pas laisser croire au handicap. Il fallait se battre « contre » les handicapés, du moins le statut dans lequel on les enferme.

« En soirée, toi tu peux chuchoter à l'oreille d'une fille, créer une petite complicité, laisser balader tes mains sur ses bras, ses épaules, alors qu'en fauteuil, elle doit se baisser vers toi, ce qui d'une part gâche la séduction et d'autre part te place dans une situation où, consciemment ou pas, elle te juge inférieur. Finalement, le plus dur est de s'en rendre compte et d'assister impuissant à ce naufrage. Je sais que c'est mort dès qu'une femme se penche pour me parler. Au fur et à mesure que la conversation s'éternise, elle se casse le bas du dos et je lis sur son beau visage défiguré par des grimaces de douleurs qu'elle n'en peut plus. Elle finit par renoncer et me lance de vagues sourires compatissants avant de détaler…

– T'es peut-être chiant à mourir et plutôt que se baisser à écouter tes conneries, elle préfère aller voir ailleurs que de s'infliger une torture inutile ! T'as réfléchi à ça ?

– Très drôle, connard ! Je vais te faire rentrer à pied !

– J'ai les clefs de la voiture, c'est moi, le patron !

– Tu sais quel est mon rêve ?

– Non, mais je m'attends au pire…

– Je te parle sérieusement !

– Vas-y, je t'écoute sérieusement.

– J'aimerais pisser debout à m'en foutre plein les chaussures.

– J'avais raison de me méfier. Viens, on le fait !

– Quoi ?

– On le fait ! Y a personne ! Je te prends dans les bras et tu pisses face à la mer !

– Mais non, on ne va pas y arriver !

– Si, si, on le fait », insista-t-il.

Romain sortit de la voiture, en fit le tour jusqu'à la portière qu'il ouvrit sèchement et m'installa sur le fauteuil qu'il avait positionné.

« Baisse ton jean maintenant sinon, effectivement, on ne va pas y arriver » me conseilla-t-il.

Je m'exécutai, hilare. Il se tint à ma droite, plaça ses bras sous mes aisselles et me souleva vigoureusement jusqu'à ce que je sois pratiquement suspendu dans l'air, le bout de mes chaussures touchant à peine le sable, la queue ballottée par le vent.

« On n'a pas l'air cons, tous les deux comme ça ! Si quelqu'un passe, t'as intérêt à être éloquent pour lui expliquer ce qu'on fait ! me dit-il essoufflé. Allez magne, tu pèses ton poids mon cochon. Et ne me pisse pas sur les godasses sinon je te laisse là ! »

Porté par l'amitié, je pissai en regardant les nuages se télescoper, savourant chaque seconde, chaque souffle exaspéré de Romain. J'étais à la fois heureux et triste. Heureux, car nous avions défié la maladie. Triste, car je voulais rester debout.

Une nuit

Romain s'arrêta dans la cour qui donnait accès à mon logement et, sans doute distrait, attendit que je sorte seul. Face à mon immobilité, il me suggéra d'accélérer le mouvement car il avait sommeil.

« J'ai la flemme de te sortir ! pesta-t-il. J'en aurai fait des transferts aujourd'hui ! Je te prends plus souvent dans les bras que mes copines.

– C'est parce que tu m'aimes !

– Tu manques de seins pour moi ! Allez, file te coucher, dégage de ma voiture ! Exceptionnellement ce soir, je t'aide mais c'est la dernière fois ! »

Il me mit dans le fauteuil, ouvrit la porte d'entrée, me salua puis repartit aussitôt, me laissant dans le silence assommant de mon salon. Un voile d'obscurité drapait mon appartement. Dehors, des jeunes alcoolisés aux voix éraillées gueulaient sous ma fenêtre. Puis elles s'éloignèrent doucement, happées par la nuit fraîche. Après avoir tonné au loin, l'orage explosa avec rage et une pluie diluvienne s'abattit sur la ville, ramenant l'obscurité et le silence. Des éclairs lardaient le ciel en rafales. Photographie de fin du monde. J'allumai la télévision pour camoufler les ronflements sourds de la solitude. Je passais les chaînes en revue, m'arrêtant sur une émission où une fille lisait avec difficulté *Les Deux Maîtresses* de Musset. Ses petits seins pointus sous sa robe blanche gardèrent ouvertes quelques minutes mes paupières prêtes à abdiquer de sommeil. J'imprimais l'image dans ma tête pour qu'elle m'accompagne cette nuit. Qui sait, elle accepterait peut-être de la partager avec moi. Je n'étais bon qu'à rêver.

| 4 |

Un horizon

Je baignais dans la lassitude et ma peau poissait la morosité. Les jours de beau temps, je me postais sur la terrasse pour paresser et regarder au loin, l'esprit dans le vague, apaisé. Le soleil me réchauffait les os et vivifiait ma pensée. La lumière inondait le port où les derniers restaurants ouverts nettoyaient leurs tables et rangeaient leur mobilier, se préparant à leur fermeture annuelle, qui coïncidait en général avec la fin des vacances scolaires de la Toussaint. Je me laissais bercer par le brouhaha de la forte circulation et observais le ballet des voitures. Dans une Mercedes, une passagère baissa sa vitre et tendit le bras pour photographier les yachts amarrés. Un cheptel de bateaux majestueux qui lapaient la Méditerranée et vers lesquels affluaient les curieux. Une bicoque de pêcheurs, bardée de filets, engoncée entre les proues, gâchait le tableau. Vilain petit canard parmi les cygnes blancs. Je voyais aussi s'approcher les ferries. Ballet de carcasses métalliques titanesques qui patinaient avec lenteur sur la mer d'huile et attiraient des couples de vieux qui promenaient leur chien. Les embarcations accouchaient également de grappes de touristes inconscients, dénicheurs de prix attractifs dans les tréfonds du Net. Étaient-ils fous au point d'ignorer qu'il n'y a rien à faire à cette période de l'année ?

Étaient-ils surmenés au point de ne rechercher que du repos ? Qu'ils se rassurent, l'endroit les comblerait. Pour simplifier, même la neige ne tombait pas ici, elle évitait la ville pour ne pas mourir d'ennui.

Une consultation

J'occupais mes journées à lire et m'employais à des tâches ponctuelles, souvent plus fastidieuses, de correction de copies ou de rédaction de cours dans le cadre de soutien scolaire à des élèves en difficulté. Si cela ne constituait pas un projet de vie des plus enthousiasmants, ce travail convenait à ma situation et me permettait de dégager un salaire raisonnable. Il faut dire que le handicap me restreignait dans le choix professionnel qui m'incombait quand s'approchait le rendez-vous avec la conseillère d'orientation. Afin d'asseoir ma légitimité et d'augmenter mes prix, j'obtins le Capes en délivrant une dissertation inspirée sur les nouvelles formes du roman voulues par Victor Segalen. Avant même de pouvoir m'installer à la table d'examen, de découvrir le sujet avec anxiété, de réfléchir à la composition de mes parties, j'avais dû contacter les services académiques du rectorat pour leur signaler mon infirmité. Pour valider mon inscription, ils me réclamaient un justificatif et un certificat médical dispensés par un médecin agréé, c'est-à-dire désigné par l'administration. Le rendez-vous fut compliqué à prendre puisque je devais jongler entre l'emploi du temps de Romain et celui du docteur. Nous partîmes un mercredi après-midi sous la grisaille, roulâmes une bonne heure avant de nous garer sur un parking désert adjacent à un salon de coiffure obscur avec un nom ridicule « Axel Hair », une droguerie à la devanture fermée d'un store métallique tagué et un bâtiment monochrome, sinistre, qui abritait sans doute les cabinets des différents praticiens.

« Il est au deuxième étage et je n'ai pas vu d'ascenseur. Je vais te monter sur mon dos ! Un docteur mandaté pour les handicapés au deuxième étage ! Faut vraiment être con ! » me lança Romain, qui revenait de son repérage, désabusé par la situation.

Après avoir informé sa secrétaire de notre situation, nous attendîmes vingt minutes dans le froid mordant qu'il daigne nous rejoindre. Ainsi fut décidé : la consultation se ferait au beau milieu du parking. La démarche un peu flottante, le stéthoscope porté comme un collier tribal, ses lunettes tombantes sur un nez épaté, il me regarda de la tête aux roues et conclut d'un ton mi-résigné mi-moqueur : « Effectivement, vous êtes handicapé ! » J'étais au moins rassuré sur l'excellente acuité visuelle et la perspicacité dont il était doté. Il m'examina une quinzaine de secondes par acquit de conscience, me demanda deux fois, dans un rire étouffé, si je ne simulais pas mon invalidité pour grappiller un tiers-temps durant l'épreuve puis, sortant un stylo et un papier de sa poche, dit de manière laconique : « Je vais vous signer un certificat. Ça fera trente euros pour la consultation. » Je le payais et, sans un au revoir, il tourna les talons. Nous repartîmes sous la pluie et imitâmes avec un humour crispé l'attitude du médecin. L'humour, d'ailleurs, était la seule chose qu'il me restait.

Une famille

À la mort de mes parents il y a une dizaine d'années, des suites de longues maladies et à quelques mois d'intervalles, une leucémie pour l'un, la tristesse pour l'autre, je m'étais retrouvé orphelin et démuni. Couvé jusque-là, je fus lâché en pâture au réel et dus me débrouiller. Vaste programme pour un assisté. Face à l'annonce de mon infirmité dès mon plus jeune âge et aux difficultés qui en découlaient, ils avaient tout tenté. Dans un premier temps, ils ne jurèrent que par la science : rendez-vous chez d'éminents neurologues qui découvraient à peine l'étendue de ma pathologie, rencontres avec divers spécialistes des syndromes musculaires à travers toute l'Europe. Puis, lassés de ces voyages aux confins de l'ignorance, ils se tournèrent vers la croyance : pèlerinage à Lourdes où ma mère alluma des centaines de cierges et où elle me plongea dans les bains miraculeux jusqu'à me transformer en sirène, escroc-magnétiseur qui nous soulagea de deux mille euros, charlatan en transe, envol chamanique. Après tant d'échecs, ils se refusèrent à un deuxième enfant. Ils avaient appris de leur erreur. Un peu comme dans un concours où ayant raté l'écrit, on séchait les oraux de rattrapage pour éviter d'échouer lamentablement.

Une adaptation

J'avais pu compter sur le soutien indéfectible de Romain et de Marco pour traverser les deuils successifs de mes parents, épreuves qui chamboulèrent mon existence et me forcèrent à adopter un nouveau mode de vie : seul dans une relation exclusive avec la myopathie. Romain m'avait aidé à gérer la paperasse de l'héritage avec le notaire et les dossiers d'aides sociales pour que je puisse bénéficier d'un appartement répondant à mes besoins. Marco m'avait épaulé au quotidien afin que je prenne mes marques, endossant à plein temps le rôle d'auxiliaire de vie. Sans eux, je n'aurais pas eu la force de rebondir, de croire en mes capacités, de vivre par moi-même et pour moi-même. Ils avaient réussi, à force de présence et de paroles m'assurant de la joyeuse mélancolie d'être en vie, à m'extirper d'une crise de complet découragement, de celle où lorsque je me couchais dans mon lit, je tournais le dos au monde. J'avais remonté la pente.

J'avais obtenu, après une longue attente par faute de disponibilité, un logement social auprès des organismes de la mairie. Je l'avais fait aménager spécifiquement pour le rendre le plus fonctionnel possible et contrebalancer mes troubles physiques. Le faible loyer me permettait de louer les services d'une femme de ménage qui s'occupait des courses et, plus généralement, des problèmes d'entretien toutes les semaines. Une décoration minimaliste colorée, un salon spacieux, une salle de bain dotée d'une douche à l'italienne au sol de plain-pied antidérapant, des meubles de cuisine abaissés, des barres de maintien disposées à différents endroits, une installation électrique adaptée avec capteur de son, de mouvement et de lumière, constituaient tout l'arsenal de moyens coûteux mis en place pour garder un semblant d'indépendance. Le handicap était un luxe. Il fallait être riche quand on décidait de tomber malade. On minorait bien souvent ce point de détail. Fortuné, j'aurais été chouchouté par une armada d'aides-soignants, d'aides à domicile, d'aides à vivre. Pour l'heure, j'étais surtout riche de douleurs. Pauvre d'envie. Ruiné d'amour.

Une recherche

Pour fêter la nouvelle de mon traitement, Romain s'était mis en tête de me dénicher une fille pour une aventure sans lendemain. Je m'amusais de cette lubie dans laquelle il se jetait à corps perdu. Il avait demandé auprès de connaissances et de patrons de bars le nom d'une gonzesse délurée avec qui passer un moment. Certains jugèrent l'idée répugnante, à la limite du sordide, d'autres lui souhaitèrent bon courage pour débusquer une femme suffisamment en manque pour se taper un handicapé. Déjà qu'on les tolérait, si en plus on devait les sucer… Mais quelques exceptions se révélèrent plus enclines à aider Romain en lui promettant de le prévenir s'ils entendaient quoi que ce soit, car ici tout se dénichait à condition de s'accrocher. Romain dégota la perle rare et la mienne par extension, pensa-t-il, auprès d'Ange-Marie, ami de son père et kiné à la retraite qui continuait malgré tout de soulager les articulations douloureuses, les dos bloqués, les rhumatismes chroniques des vieilles familles de la ville. Infidèle de longue date, il collectionnait les gamins hors mariage. Il souffla à Romain le prénom de Bernadette, une ancienne patiente perchée sur sa nymphomanie. La cuisse hospitalière, jura-t-il. Il l'emmena la voir et le laissa organiser notre entrevue.

Un frère

Lors de sorties imbibées de vodka, Romain, porté par l'euphorie, me présentait comme son frère aux filles qu'il rencontrait et qui lui plaisait. Ce lien de parenté purement imaginaire m'octroyait la sensation bien réelle d'exister à leurs yeux. Cette fraternité factice me donnait une épaisseur, une importance, une aura qui ne souffrait aucune contestation. J'étais soudain relié à l'appréciable, à l'estimable, à la beauté, au vivant. Une fois, alors que nous fêtions l'anniversaire de François, il vanta ma répartie mordante à une brune sublime avec qui il avait partagé une cigarette. Tandis qu'il lui parlait à l'oreille, passait les doigts dans ses cheveux et l'enlaçait dans une fulgurante étreinte, je cuvais près d'eux dans un coin, espérant qu'ils en finissent. Et je fus exaucé : elle repoussa sa bouche d'un revers de main délicat, puis se baissa vers moi pour déposer sur mes lèvres mortes un subtil baiser. Elle lui lança un « Je préfère ton frère » avant de quitter le bar et de disparaître dans la nuit noire et glacée. Il s'en montra profondément vexé. « Elle n'était pas si bien », m'asséna-t-il pour me gâcher le goût d'une victoire qui aurait dû le réjouir.

Un après-midi

Le verrou de la porte était de plus en plus difficile à atteindre, il me semblait trop haut. Le constat m'assomma d'une amertume sans remède : la mobilité de mes membres supérieurs s'était encore dégradée au fil des derniers mois. Je laissai tomber ma main droite le long de la roue de mon fauteuil et balançai mon bras métronome de ce corps étincelant de paresse d'avant en arrière, d'arrière en avant, en amplifiant le mouvement afin de prendre suffisamment de vitesse pour envoyer ma paluche s'écraser sur la porte. J'avais une fraction de seconde pour que le bout de mes doigts s'agrippe au bois. Si je me ratais, je recommençais, et chaque tentative manquée grignotait le peu d'énergie dont je disposais. Il m'arrivait d'abandonner, reportant au lendemain ma sortie, ou de prétexter au facteur qui m'attendait, impatient, que j'avais égaré mes clefs et que je l'autorisais à déposer le colis sur la jardinière à sa droite. Cette fois, ma main harponna du premier coup son objectif et, semblable à une araignée boiteuse, déploya avec lenteur ses doigts, vieillard auriculaire, annulaire fourbu, majeur agonisant, pouce résigné, jusqu'à la serrure. Mon index, alpiniste hâve, à bout de forces, transi de douleur, gravit millimètre par millimètre les rainures de la minuscule targette fixée sur la porte, marqua un temps, nargua mon regard concentré en se raccrochant du bout de l'ongle puis fit tourner le verrou métallique cranté vers la gauche à deux reprises. La porte s'entrebâilla et Romain, qui ne s'était pas rendu compte de l'effort consenti, entra directement se jeter sur le canapé.

« Je suis fra-ca-ssé !

– Bonjour, d'abord !

– Je suis trop fatigué pour te dire bonjour.

– Tu es sorti hier ?

– Tu parles ! Je suis débordé avec mon père. Tu te proposes de l'aider pour donner un coup de main et après il te lâche plus ! Je dois repeindre les villas, entretenir la résidence et comme on héberge encore quelques touristes, tu ne peux pas tout rénover sous leur nez. Ils ont payé et exigent du calme. Bref, j'ai pris ma journée pour souffler un peu, ces apparts me sortent par les yeux. Et toi, la forme ?

– Je relisais le dossier pour la thérapie, je dois remplir deux-trois trucs avant de le renvoyer.

– Je suppose qu'il faut que tu confirmes quelque part que tu acceptes de te soumettre aux indications du protocole. Je vais le faire pour toi, ça ira plus vite, le temps que tu chopes le stylo, que tu signes et que tu scannes, ils auront choisi un autre mec pour le traitement.

– Enfoiré !

– Je t'emmène chez Bernadette après ?

– T'es sûr que ça ne sent pas l'embrouille ton histoire ?

– Il n'y a pas de raison de s'inquiéter. Je lui ai dit que t'étais en fauteuil et que tu cherchais à t'amuser, que t'étais jeune, et elle a accepté de suite sans paraître choquée. Tu peux refuser hein !

– Non, en effet.

– Je te dépose, tu fais ton affaire et tu m'appelles quand t'as fini. Je me baladerai dans les environs. Par contre, elle est vieille ! Je préfère te prévenir.

– Vieille, vieille ?

– Je dirais la cinquantaine facile.

– Ah ouais… Bernadette en même temps, j'aurais pu m'en douter. Il paraît que c'est dans les vieilles paumes que l'on fait les meilleures branlettes.

– Je n'ai pas mieux à te proposer ! On décolle, t'es prêt ?

– Allez, on y va ! Avant que je réfléchisse et que j'annule ! »

Il se gara sur la vaste esplanade herbeuse d'un édifice à moitié rongé par du lierre grimpant et recouvert d'un crépi défraîchi qui rendait le lieu lugubre. Chaque étage correspondait à un appartement et un escalier extérieur desservait quatre paliers. « Elle habite au premier », me souffla Romain. Et sans ascenseur, supposai-je, dépité. Mais l'installation d'un ascenseur n'avait sans doute pas effleuré l'esprit pratique du promoteur. L'endroit semblait à l'abandon, oublié par les travaux de rénovation. Des draps verts et roses et du vieux linge usé pendaient des fenêtres ouvertes du troisième. Les persiennes peintes détonnaient par leurs teintes criardes avec les sapins majestueux qui festonnaient les propriétés voisines. Le quatrième étage se payait le luxe d'une véranda où les vitres avaient laissé place à de grandes bâches fouettées par le vent. Au pied de l'escalier, deux bergers allemands aboyant à tue-tête étaient attachés à un piquet enfoncé dans le sol. Entre le clapier et la cage à poules, une énorme caisse grillagée plaquée à la façade leur servait de chenil. Un chauffe-eau rouillé et une voiture éventrée complétaient la carte postale. L'accès à de telles relations dans de pareilles résidences me remplissait d'une amertume toute particulière. Je redécouvrais un aspect de ma ville, et cela me fit réfléchir aux ruptures entre les différentes strates de la population dans la mesure où cette maison se situait à quelques encablures d'un hôtel cinq étoiles.

Romain ouvrit ma portière, me retira la ceinture, sortit mes guibolles chétives de l'habitacle, me présenta son dos et se baissa suffisamment afin que je puisse passer mes bras autour de son cou. J'entrelaçais fortement mes mains l'une dans l'autre pour former un nœud et empêcher toute chute. Les siennes, fermes, se placèrent sous mes cuisses et, en poussant sur ses jambes, il enchaîna avec un puissant haussement d'épaules qui vint me mettre à califourchon sur son échine. Il chancela sur deux pas et essaya de claquer la portière avec son talon à deux reprises. Il réajusta ma position d'un petit bond sur la pointe des pieds pour se dégager le cou enserré par le mouvement non maîtrisé de mes bras. Nous avancions tels Anchise et Énée en prenant soin d'éviter les nids-de-poule et les branches de sapins qui parsemaient le chemin. Arrivés au pied de l'escalier, les chiens se ruèrent sur Romain et gueulèrent sans discontinuer en bloquant le passage. Il leur ordonna de se taire, en vain, avant de leur balancer des coups de pied. La crainte avait, semble-t-il, changé de camp et ces foutus chiens déguerpirent aussi loin que la corde qui les reliait au piquet le leur permit. Romain entama l'ascension, haletant face à la difficulté de l'effort. Les marches en bois, gorgées d'eau, gondolaient sous le poids de ma monture. Il titubait, je m'agrippais de toutes mes forces à sa chemise en jean pour ne pas basculer en espérant que ses boutons à pression nacrés ne cèdent pas. Je serrais les dents de douleur tant la position, inconfortable, crispait mes muscles. Je ne pouvais pas le sommer d'accélérer car il y a des situations dans la vie où il convient de savoir fermer sa gueule. Romain poussa du bout de sa chaussure la porte qui donnait sur un couloir plongé dans l'obscurité. Il lâcha ma jambe gauche et palpa le mur à la recherche de l'interrupteur avant de s'emporter, visiblement à bout de nerfs : « Fais chier, je ne le trouve pas ! » Au fond de ce couloir, une porte s'entrebâilla lentement. Une pièce profonde et sombre se dévoila. Un timbre éraillé qui ne dégageait aucune féminité s'en échappa : « Venez, vite ! » Romain pressa le pas et s'arrêta net devant elle. « Je le dépose où ? » Elle pointa du doigt une petite chambre attenante à la cuisine. Je n'eus pas le temps de voir l'intérieur du salon ni la décoration, car Romain eut tôt fait de me jeter sur le lit. Je ressemblais à un goéland mazouté qui s'échouait sur une plage en attendant d'être découvert.

« Tu veux de l'aide ou tu te démerdes là ?

– Je gère et je t'appelle s'il y a un problème ! » lui murmurai-je.

Il me garantit qu'il restait dans les parages et qu'il me donnait une heure avant de m'envoyer un message. Le temps que je me tortille pour mieux m'installer, il baragouina un truc à Bernadette en me tournant le dos, puis elle referma à clef derrière lui. Ce petit manège m'intrigua. Subitement, une idée me percuta de plein fouet : la payait-il pour coucher avec moi ? La question pouvait sembler saugrenue, mais plusieurs indices suggérèrent qu'elle ne l'était pas tant que ça. La gorge serrée, les mains légèrement moites, je glissai mon portable sous l'oreiller pour le savoir près de moi si la situation venait à dégénérer. Et là, sans bruit, elle apparut nue dans l'encadrement de la porte et s'approcha de moi à pas lents. Avec une sensualité comique, elle gesticulait, se fessait en poussant de légers « ouh » puis suçotait son index qu'elle essuyait sur sa poitrine. Le nez courbé comme un bec d'oiseau, les lèvres squameuses, elle présentait des yeux verts alourdis d'une mélancolie amère. Elle m'offrait un visage aux joues creusées, griffé par les stigmates d'une vieillesse qu'elle ne pouvait plus masquer. Un sourire qui se voulait bienveillant se dessina, contrastant avec la mine soucieuse qu'elle me renvoyait. Sa chevelure d'un blond délavé, bouclée, aux reflets bruns, manquait de volume et lui coulait sur les épaules. Même le cheveu était malheureux et le temps avait fini de dévorer la couleur de ces boucles qui devaient resplendir jadis. Elle était mince, à la limite de la maigreur. Ses petits seins en poire pointaient à cause de la température peu élevée de la chambre. Sous le nombril se traçait une cicatrice épaisse et rouge violacé. La couture de la souffrance. Le souvenir ravageur d'avoir donné la vie. C'était peut-être là un des drames féminins que celui de sacrifier son corps dans l'improbable espoir de donner naissance à un être que l'on souhaitait parfait. Dans mon cas, par exemple, le brouillon avait servi de modèle dans le processus de reproduction. Cette balafre renvoyait l'image d'un sourire à l'envers comme si, avec une ironie moqueuse, son ventre m'envoyait un signe. Son sexe était rasé grossièrement et elle se déplaçait les jambes arquées, tournant sur elle-même pour que je puisse finir de juger des fesses aplaties qui surmontaient des cuisses frêles. Elle s'affaissa mollement pour s'allonger à mes côtés puis, toujours sans dire un mot, glissa ses doigts dans mes cheveux. J'avais horreur que l'on me touche les cheveux. Et cela m'exaspérait encore plus en soirée quand après avoir passé plus d'une vingtaine de minutes à me coiffer, des amis heureux de me croiser, et je ne remettais pas en cause leur joie, plongeaient leurs mains dans ma chevelure. Le pire étant lorsqu'ils sortaient des toilettes, s'enfournaient les paluches dans le caleçon qui venait de recueillir la dernière goutte de pisse pour se pétrir les couilles, se rebraguettaient et débarquaient tout excités à ma hauteur pour me palper la tignasse. Dieu merci, ce plaisir ne m'était pas exclusivement réservé puisque leurs mains virevoltaient de tête en tête dans l'indifférence générale d'un geste qui se voulait chaleureux avant tout. Bernadette continuait de me caresser les cheveux en me complimentant sur leur douceur. Sa voix râpeuse et monotone, façonnée par l'alcool et la cigarette, m'écorchait l'oreille. Elle approcha son visage du mien et s'essaya à m'embrasser. Dans une agitation malhabile, ses lèvres humectées de salive parcoururent ma bouche. Son haleine empestait le tabac froid. Je tournai la tête lentement pour me dégager de son étreinte, fixai le plafond et posai mon regard sur la table de chevet où se trouvaient un réveille-matin, un chapelet et une photo d'elle et d'un jeune adulte chétif dans ses bras. « Déshabille-toi, je vais m'occuper de toi ! » me souffla-t-elle. J'étais moyennement emballé, refroidi par l'idée qu'elle puisse être payée, mais comme je traversais un désert sexuel, mon instinct prit le pas sur ma raison.

J'étais quand même troublé par sa spontanéité, elle ne semblait nullement gênée par mon handicap et cela m'incitait à m'impliquer. Je retirai mes chaussures par à-coups puis elle fit glisser mon jogging et mon caleçon. « Garde ton haut, j'ai tout ce qu'il me faut ! » Je tentai un sourire, enfin c'est ce que j'imaginais, car mon visage restait toujours aussi inexpressif. Mes muscles labiaux flemmards ne prenaient plus la peine de s'étirer pour donner une illusion de joie à la gueule placide et morne que je trimbalais en toutes circonstances. Raide d'exaltation, elle en rajoutait des tonnes avec des gémissements grotesques. Ses mains glacées aux doigts gluants de salive s'engouffrèrent sous mon pull et s'enroulèrent autour de mes côtes, de mes hanches, de mes cuisses. Elle me caressa le ventre comme on époussète un meuble puis descendit m'enlacer de ses lèvres. Sa bouche m'engloutit d'un trait. Elle jouait avec mes couilles, les malaxant grossièrement comme on roulerait des dés pour les jeter. Je l'entendais respirer, inspirer, soupirer, alors je feignis un rictus de satisfaction, un microfrémissement de lippe, une contraction buccale imperceptible puis passais ma main sur sa joue pour exprimer une discrète sensualité. Braquant mon regard sur les tableaux accrochés aux murs, je rêvais à des relations sincères, authentiques, éloignées de cette étreinte désordonnée, dépouillée de tous sentiments amoureux. La chaleur de sa bouche contrastait avec la fraîcheur de la bave qui coulait le long de mon pubis. Je m'attardais sur ce genre de stimuli sensoriels, n'arrivant pas à m'abandonner malgré toute sa bonne volonté. Elle se leva, ouvrit le tiroir de sa table de chevet pour en sortir un préservatif qu'elle déroula rapidement, m'enfila et sur lequel elle glissa aussitôt. Baise contre-nature. Union sordide de la vieillesse et de la maladie. Relents de sueurs de son cloaque poilu. Musc exhalé de ma carcasse. J'attendais la fin, mon regard se posant partout autour pour éviter de croiser ses yeux révulsés. Bernadette, volontaire, avait mis un terme à ma disette sexuelle.

« Je t'ai fait du bien ? me demanda-t-elle en prenant soin de s'asseoir en tailleur à mes côtés.

– Oui, merci !

– Ah tant mieux ! Je suis contente, tu n'es pas du genre démonstratif !

– Sans doute le stress…

– Faut pas avec moi. Tu es très beau !

– Je vais rougir, arrêtez !

– Mais non, mais non ! Tu sais, ton fauteuil, ça ne me gêne pas ! me lança-t-elle comme pour me rassurer sur une éventuelle crainte que j'aurais pu ressentir. Je suis habitué. Mon fils est malade.

– Ah d'accord, je l'ignorais, je suis désolé », répondis-je en tâchant de masquer mon indifférence à cette annonce.

J'acceptais difficilement mon existence, alors je ne pouvais pas me permettre de m'apitoyer sur le sort de chaque handicapé de cette planète. C'était dommageable, certes, mais l'empathie restait de l'hypocrisie enrobée de guimauve. Appétissant, mais vite écœurant.

« Il est bien pire que toi, tu sais. Toi, tu es bien !

– On fait aller ! »

Je haïssais cette volonté de hiérarchiser le handicap dans le but à peine voilé et prétentieux de finir premier dans le championnat de la pleurniche et de la victimisation. La situation des autres handicapés, j'avais le droit de m'en foutre. Un handicap ne se vivait et ne se comprenait que dans le cercle restreint de la famille, au-delà, on basculait dans de la complaisance pure en adoptant une imposture humaniste pour entretenir l'illusion que l'invalide avait une véritable place au sein d'une société qui ne cessait de lui exprimer son désintérêt.

« Il dort dans la chambre à côté! »

Je fus surpris et gêné par cette confidence.

« Il ne comprend pas, il ne parle pas, il est paralysé complètement et je m'occupe de lui toute seule quand je ne travaille pas. Il est tout pour moi. Mon petit, il ne peut pas avoir de copines, il ne peut pas sortir. Je le soulage chaque fois que je le lave. Ça le rend heureux. »

Je voulais couper court à cette discussion qui confinait à l'inavouable, mais quelque chose en moi m'en empêchait. Elle minaudait en passant ses mains sur mes cuisses. Elle jactait sans discontinuer. Tout y passa: son existence qu'elle jugeait ratée et son mariage tout aussi catastrophique. Son ex-mari avait refusé d'être emprisonné avec un gamin à charge: il rêvait d'avoir un « vrai garçon ». Elle n'avait jamais pensé à abdiquer et elle me confia sans honte qu'elle le préférait à ses deux autres enfants, car elle décelait en lui une humanité dénuée de tout vice, une innocence qui la désarmait. J'aurais voulu lui dire que c'était uniquement parce qu'il lui était impossible d'exprimer les faiblesses humaines qu'il paraissait si angélique, mais je me retins pour ne pas la blesser. Elle vanta sa candeur, sa profonde gentillesse. Elle n'hésita pas à comparer les tempéraments de ses enfants. Ses deux filles, superficielles, mesquines, se plaignaient en permanence, alors qu'elles ne manquaient de rien, ne souffraient pas, ne se souciaient pas de leur frère. Bernadette ne supportait plus de les entendre geindre à longueur de journées pendant que son « tout petit » se mourait et n'avait connu aucun des infimes plaisirs qu'une vie peut offrir. La lumière du soleil n'avait plus caressé le visage émacié de son enfant depuis de nombreux mois et dans cette chambre, rien n'y avait jamais rayonné que la mort. Elle me demanda comment elle pouvait l'emmener dehors pour voir la nature, se promener avec lui, partager quelques moments.

« Je n'ai plus la force de le porter sur mon dos. Personne ne nous aide », gémit-elle.

Elle resterait constamment avec lui pour ne jamais l'abandonner, parce que c'est ce que faisaient les mères : elles n'abandonnaient jamais.

« Bernadette, je vais appeler mon ami, il doit s'impatienter.

– Attends ! Je vais l'appeler pour toi. »

Elle attrapa le téléphone que je lui tendais, lâcha un bref « tu peux monter ! » et enfila un peignoir beige et orange qui était accroché derrière la porte. Elle m'aida à me rhabiller et je pris garde à ne pas tomber du lit rehaussé par quatre cales en bois.

Elle s'avança pour m'embrasser mais fut coupée dans son élan par Romain qui tambourinait à la porte. Elle noua la ceinture de son peignoir et fila lui ouvrir. Après avoir échangé quelques banalités, Romain surgit dans la chambre et me fit un clin d'œil. Il procéda comme à l'aller en me transportant sur son dos, s'élança au pas de course et salua d'un hochement de tête Bernadette qui lui suggéra dans un sourire entendu que j'étais un gros coquin. Sitôt la porte refermée derrière nous, il dévala les marches sans prêter attention à mes mises en garde. Une fois installés dans la voiture, Romain me harcela de questions dignes d'un inspecteur de la PJ ou, pire, d'une mère furieuse qui soumet son fils à un interrogatoire après une nuit passée dehors.

« C'était… bizarre. Difficile à expliquer. En plus, te dire que tu vas chez quelqu'un que tu ne connais pas pour baiser, c'est plus que bizarre. Tu es conditionné à l'avance…

– Ah écoute, c'est mieux que rien, tu n'avais personne et ça va te remettre en selle.

– Figure-toi que son fils était dans la chambre à côté. C'est un légume : il ne s'exprime pas, il ne bouge pas, il ne fait rien. Elle me parlait de lui, de leur lien, c'était assez malsain.

– Ça craint ! Elle te racontait quoi ?

– En gros, qu'il était tout pour elle !

– C'est tout ? Si son gamin est tout pour elle, il n'y a rien de malsain, c'est même normal. Enfin, il me semble.

– J'ai lâché l'affaire rapidement, côté handicap, j'ai ma dose, c'est bon. »

Je mentais. Combien de personnes pouvaient comprendre sans la juger ? Romain en faisait sûrement partie, mais je souhaitais respecter leur secret. Cette femme avait donné la vie et offrait désormais sa vie pour se racheter de la culpabilité dévorante d'avoir mis au monde un gamin raté. Disposée au sacrifice, elle résistait. Ils survivaient tous deux, échoués sur l'îlot de la maladie. Au fur et à mesure que la voiture s'éloignait du bâtiment, les arbres accablés se refermaient sur ce lieu étrange, lugubre et insalubre.

| 5 |

Une promenade

Une heure de route pour ramasser des châtaignes, ce n'était plus une balade, c'était une expédition. Les photos de poêles chargées de ces dernières sur le feu crépitant qui se propageaient sur les réseaux sociaux nous donnèrent l'eau à la bouche. Marco prit des conseils auprès d'une vieille tante sur des coins regorgeant de ces pépites automnales.

Nous traversâmes de nombreux villages déserts ou tout juste animés de quelques âmes séparées du siècle avant de nous garer sur un terre-plein caillouteux dominé par une falaise. Un endroit escarpé à l'herbe grasse, gorgée de pluie, et planté de larges châtaigniers nous faisait face. Ils étaient habillés de feuilles marron jaune pâle, totalement dénudés de fruits, des bogues éventrés foisonnaient à leur pied. Je dus me résoudre à rester en voiture car le terrain, en pente abrupte, entrecoupée de rochers disjoints, d'arbustes et d'arbres étroitement mêlés, était impraticable en fauteuil. Armés de sacs en plastique, Romain, François et Marco longèrent la route au pas de course avant de s'engouffrer dans le bois. Leurs silhouettes et leurs éclats de rire s'éloignèrent pour me laisser seul dans le silence. J'attendais leur retour en observant ce paysage qui se refusait à moi, qui ne se laissait fouler que par les plus méritants physiquement. Les nuages sombres, empressés, s'agglutinèrent, et une pluie fine, régulière, tomba par averses. Le bout de la casquette de François qui apparaissait au loin par intermittence me rassurait sur le fait qu'ils n'avaient pas sombré au fond d'un ravin caché par la verdure. De toute façon, j'aurais été incapable de voler à leur secours si ç'avait été le cas. J'éprouvais un sentiment d'inutilité. Je vis François revenir, s'accrochant à des racines situées plusieurs mètres en contrebas. Son sac était bourré à craquer.

« Y en a des tonnes plus loin, m'indiqua François après avoir ouvert la portière. Tu prends là, dit-il en me montrant de son doigt écorché une vague direction. Tu descends sur quelques mètres. Faut faire gaffe à la boue et aux branches. Marco s'est viandé et Romain a niqué ses chaussures. Après, tu continues et tu tombes sur des châtaignes. Comme c'est galère pour y accéder, les gens n'y vont pas. Je redescends remplir un sac pour toi et on revient. Ici, elles sont toutes écrasées. Tu n'as besoin de rien ? »

Je fis non de la tête. Il claqua la portière et partit retrouver les autres. Je me redressai sur le siège et le regardai, torturé par l'envie de les rejoindre et l'impossibilité qui s'y rattachait. Enfermé dans la voiture, je ne pouvais que les imaginer. Marco, caché derrière un tronc, lançant des châtaignes sur François qui, aidé de Romain, hilare, se vengeait au centuple.

Lorsque, enfin, ils réapparurent, hors d'haleine, se tenant les côtes, ils s'assirent une dizaine de minutes sur un rocher. J'aurais tout donné pour m'installer à leurs côtés, partager ce moment dont était témoin cette nature silencieuse sur laquelle l'histoire de nos ancêtres pesait de tout son poids. Le visage de mes amis se déformait sous l'impulsion d'un rire dévastateur, ce mouvement anarchique venu des entrailles que je ne pouvais pas connaître, moi qui ne pouvais discuter qu'avec le volant et la boîte à gants. Qu'est-ce qui avait déclenché une telle hilarité ? Avait-il oublié que je me tenais là, à quelques mètres ? Pourquoi ne venaient-ils pas me chercher ? Étais-je si transparent ? De quelles confidences m'excluaient-ils ? Je ne le sus jamais. Seuls les châtaigniers auraient ce privilège. Mais ils étaient muets.

Une première

Sur le chemin du retour, Romain suggéra d'organiser un repas chez moi : fromage, charcuterie, polenta et notre récolte du jour.

« Oh ouais ! Bonne idée ça ! On va se régaler, rrrrh ! s'enthousiasma Marco.

– Laissez-moi appeler Caroline pour voir si elle s'en sort avec le bébé. De toute façon, je ne rentrerai pas tard », nous prévint François.

La proposition de Romain n'était pas tout à fait désintéressée. En effet, ils souhaitaient être présents pour l'arrivée de l'infirmière chargée de m'administrer la première piqûre du traitement. Romain les avait informés des conséquences du protocole et ils m'avaient tout de suite encouragé dans mon choix de tenter l'expérience. Posté près du canapé, je voyais s'agiter mes amis dont j'enviais le dynamisme. Romain aimait les choses organisées et avait la fâcheuse habitude de tout vouloir gérer plutôt que de déléguer. Marco découpa en fines tranches la coppa et la voletta puis éplucha les châtaignes. Il se plaignait des épines et pestait contre les deux autres, à qui il reprochait de toujours lui confier les tâches les plus rébarbatives. François passa un coup de chiffon puis dressa la table avant de déboucher une bouteille de vin rouge et d'en remplir quatre verres. La sonnette de la porte d'entrée retentit, impérieuse, stoppant net nos activités. Le temps que je parvienne à ouvrir, elle résonna de nouveau, de façon prolongée, comme si quelqu'un s'agaçait. Elle se tenait là devant moi, l'air sévère, le visage enlaidi par une grimace d'exaspération. Une femme aux mèches cuivrées soigneusement plaquées sur son front en sueur. Des oreilles minuscules, des lèvres fines presque absentes, une dentition proéminente complétaient un physique atypique et masculin. Rien, en elle, n'inspirait la sympathie. J'étais le dernier patient de sa tournée. Sans doute le plus original, car je la sortais de sa routine. Elle ne se déplaçait pas pour me laver le cul ou pour me changer un pansement suintant, non, elle devait m'injecter ma première dose et ainsi entamer mon traitement. Sèche dans sa manière de parler, elle semblait tendue, et sa mine renfrognée n'arrangeait rien. Je devais, avant toute chose, me soumettre à une prise de sang pour traquer une éventuelle carence en vitamines, aussi n'avais-je rien avalé depuis le midi pour me présenter presque à jeun.

« Où peut-on se mettre pour être tranquille ?

– Dans ma chambre ? proposai-je. Ça vous convient ? »

J'entendis Marco pousser son « rrrrh » si significatif, comme si l'annonce du mot chambre et tranquille, couplée à la présence d'une infirmière aux gros seins, évoquait forcément dans son esprit le début d'un porno. Romain et François lui lancèrent un regard consterné.

« Allez-y, je vous suis ! » poursuivit-elle.

Je vis mes amis s'arrêter quelques secondes, l'un après l'autre, à l'entrée de la pièce pour zieuter ce qui se tramait. Elle saisit mon bras droit comme un bout de barbaque, l'étrangla avec un garrot en caoutchouc tubulaire, badigeonna grossièrement la pliure du bras avec de l'alcool désinfectant appliqué à la hâte sur une gaze en coton puis s'empressa de me trouer l'épiderme. Elle s'irrita de piquer un bras asséché, me reprocha des veines roulantes sous la peau et mon incapacité à garder le poing fermé suffisamment longtemps. Elle ôtait l'aiguille, la replantait pour me fouiller la veinule. Peut-être espérait-elle trouver du pétrole ? Je tentais de rester stoïque, mais une douleur crispante me déchirait le bras. Elle sortit une sacoche contenant des petits tubes aux capuchons multicolores. Tube à bouchon rouge, bleu, vert, violet, gris, à collerette jaune, elle me siphonna la veine sans même s'excuser de me mutiler. L'infirmière bougonne, ce vampire disgracieux, me retira la seringue et me colla un pansement de Winnie l'ourson en gage de récompense pour ma bonne tenue.

« Ce n'est pas facile avec vous ! Comme vous ne bougez pas beaucoup, le sang a tendance à coaguler et après ça vient pas quand on pique.

– Ah ! Je comprends. On va dire que je n'ai pas eu de veine sur ce coup-là, tentai-je pour alléger l'ambiance.

– Oui, voilà ! abrégea-t-elle. Je vais vous injecter le traitement dans l'autre bras. Pour les premières semaines et le temps que je réorganise mon planning, je viendrai comme aujourd'hui en toute fin d'après-midi le vendredi. »

Elle m'agrippa le poignet et planta, tel un drapeau, la seringue à aiguille creuse qui contenait un liquide transparent. Elle appuya sur le piston et mon bras absorba comme un assoiffé ce traitement qui devait lui rendre sa pleine puissance. Elle remballa ses affaires et me fit signer un avis de passage. Je me débattis avec le stylo que je ne parvenais pas à tenir correctement. Mes doigts se tordaient, s'emmêlaient, le premier évitait le second qui se raccrochait au troisième qui lui-même épousait le quatrième tandis que le cinquième s'échappait et se voyait retenu de justesse par ma deuxième main. Le stylo tomba par terre.

« Pffff, ce n'est pas possible ! Mon Dieu ! » grommela-t-elle en le ramassant.

J'avais honte sous son regard impatient et réfrénai un rire nerveux. Une honte, vécue parfois jusqu'au dégoût, de me ridiculiser encore et toujours. Elle déposa la mallette médicale métallique qui renfermait les flacons et les seringues du protocole sur mon étagère comme on déposerait un pack de bières en rentrant des courses. Suffisamment en hauteur pour que je ne puisse pas l'attraper. La garce. Par souci pratique, elle m'expliqua qu'elle laisserait le traitement chez moi, cela lui éviterait d'avoir à le transporter à chaque fois au vu de sa fragilité. Pour un produit novateur et sans doute très coûteux, sa déontologie me paraissait bien légère. Je n'étais plus à quelques incohérences dans les réactions que ma situation engendrait. Elle nous salua d'un geste rapide et sortit en claquant la porte comme dernier rappel de la délicatesse dont elle avait fait preuve durant notre entrevue.

Je fermai les yeux et, tourment de mon esprit ou véritable sensation, je sentis couler dans mon bras le sérum qui noyait tout sur son passage, sorte de Pompéi intramusculaire où les cellules figées dans la mort s'enfouissaient sous le liquide miraculeux craché par la seringue. François avait pris la liberté d'inviter Mariana à nous rejoindre afin d'ajouter une touche de grâce féminine dans ce maelström masculin. Je la connaissais depuis l'enfance. Nous avions partagé nos classes élémentaires, nos années lycéennes avant de nous séparer à notre entrée à l'université. Elle s'était installée sur Aix-en-Provence pour suivre un BTS dont je ne me rappelais plus la spécificité. Un truc dans le droit ou l'immobilier. Puis une fois son diplôme obtenu, elle était revenue ici pour s'installer et lancer son projet de cabinet d'expertise. Depuis son retour, on se voyait de temps en temps pour boire un chocolat, un martini ou partager un repas. Pas assez régulièrement à mon goût. Je chérissais sa présence, son naturel, sa fraîcheur. Mariana était devenue mature plus tôt que la majorité de ses camarades d'école. Un cancer, dont sa mère s'était remise. À ses côtés, elle avait parcouru les couloirs interminables et blafards d'hôpitaux à l'heure où ses copines baignaient dans l'insolence et l'insouciance de leur jeunesse. Nous n'en discutions jamais, pudeur de ceux qui fréquentent intimement la maladie. Entière, exigeante en amour et en amitié comme elle adorait le rappeler d'un ton sentencieux au détour d'une phrase banale, elle s'exaspérait des feignants de la volonté, des atrophiés de l'envie, des sclérosés de la persévérance. Elle se voulait à l'image que lui renvoyait sa mère, digne dans la souffrance, forte dans l'adversité et ne baissant jamais les bras. Je pense qu'elle m'appréciait pour ces raisons et que notre relation dénuée de toute complaisance suspecte en découlait. Mariana mesurait un mètre soixante. Son visage aux traits légèrement asiatiques, hâlé, éclairé d'yeux vert céladon, éclaboussé de discrètes taches de rousseur, dégageait une douceur et une détermination extraordinaires. Elle se montrait enthousiaste et résolue. Sa pugnacité m'impressionnait. Ses cheveux brun foncé aux reflets châtains, lisses, fins, qui coulaient sur ses épaules menues, intensifiaient son charme né de la ferveur méditerranéenne et de la beauté froide eurasienne. Drapée dans la robe noire que je lui avais offerte pour son anniversaire, elle affichait des seins galbés et des hanches larges. Bien que je n'eusse éprouvé aucune attirance particulière pour elle, la considérant comme une amie, elle ne m'apparut jamais aussi séduisante que ce soir-là. Je me sentais en confiance avec elle.

Ils trinquèrent. Je me tenais en retrait. Mariana me rejoignit avec un verre plein.

« Mon chouchou, bois avec moi ! lâcha-t-elle en me tendant une paille pour que j'y boive une généreuse gorgée.

– Je me desséchais. Heureusement, je peux compter sur toi !

– Hé enfin, tu me demandes si tu as soif, je te sers ce que tu veux ! Paraît qu'on est chez toi, me dit-elle en plaisantant. Bon plus sérieusement, tu as plein de choses à me raconter ! François m'a parlé du traitement que tu as commencé. Il n'a pas su bien m'expliquer. Je suis tellement contente de ce qui t'arrive, tu l'as tellement espéré ! Comment ça se passe ? Je veux tous les détails !

– Écoute, c'est simple. Chaque année, je partais à Nice pour une visite pluridisciplinaire et la neurologue me parlait des recherches sur un possible traitement. Elle me disait que ça avançait, mais tu me connais, tant qu'il n'y a rien de concret, je ne m'enflamme pas. Et là, quand je l'ai vue, il y a quelques semaines, elle m'a confirmé qu'un protocole était lancé et que je cochais tous les critères pour l'intégrer.

– Ça consiste en quoi exactement ?

– Je t'épargne les termes techniques et médicaux ! Si tout se passe bien, le traitement devrait arrêter l'évolution de la myopathie. Bon, si ça la freine seulement, c'est toujours ça et ce serait énorme.

– Tu m'étonnes ! C'est une excellente nouvelle !

– Oui, soufflai-je avant de reprendre mon explication. Ensuite, ça doit limiter les inflammations musculaires et permettre à mes muscles de se régénérer pour que je puisse retrouver de la motricité et de l'autonomie. On devrait voir les premiers effets dans quelques semaines.

– J'en suis convaincue, ça va marcher !

– J'espère…

– C'est fantastique ! Tu es super courageux.

– Oh non pas toi !

– Quoi ?

– Me dire que je suis courageux. C'est LA phrase que toutes les personnes bourrées me balancent. On en rigole avec Romain et on parie sur le nombre de fois où je vais y avoir droit en soirée. C'est automatique ! Je suis plein comme un œuf avec les potes, et là t'as toujours un mec ou une fille qui débarque, tourne autour de moi du genre j'y vais, j'y vais pas, et puis ils me mettent la main sur l'épaule et me postillonnent dans l'oreille "Oh mon pauvre ! Tu es courageux ! Je sais ce que tu traverses ! J'ai un frère handicapé. Ce que tu fais c'est beau !" Je voudrais leur répondre "Hé les gars, ne me racontez pas vos vies ! Je m'en fous ! Laissez-moi prendre ma cuite tranquille !"

– Tu es dur ! me dit-elle d'une voix moqueuse.

– Pas du tout ! Reconnais que j'ai raison ! On est dans une petite ville, tout le monde se connaît et les gens sont toujours là à me dire qu'ils ont un frère, une sœur, un cousin, un ami handicapé, mais on ne les voit jamais ! Ils les cachent ? Les rangent dans un placard ? La blague, il n'y a que moi en fauteuil ! Je suis toujours le seul ! »

J'avais du reste constamment été le seul handicapé. Le premier qu'on scolarisait. Le premier qu'on n'embauchait pas car pas assez rentable. Le premier qu'on essayait de considérer. J'étais celui que l'on plaçait au fond de la classe puisque l'espace entre les tables n'était pas assez large et que mon installation provoquait l'agitation, j'étais celui que l'on ne choisissait pas en sport au moment de la formation des équipes et, somme toute, c'était une décision logique, j'étais celui qui restait en arrière lorsqu'un de mes camarades proposait de « faire un foot », j'étais celui que l'on n'embrassait pas pour un premier baiser ni pour un second d'ailleurs, j'étais celui que l'on n'embrassait pas tout court pour ne pas « attraper ce que tu as », j'étais celui que l'on poussait mais que l'on ne touchait pas. J'étais bien des choses, mais c'était seulement aux yeux de la myopathie que j'existais véritablement.

« Tu peux comprendre que voir un mec en fauteuil qui sort, fait la fête, qui boit, qui fait le con, ce n'est pas courant. J'estime que tu es courageux.

– Pas plus qu'un autre. Vraiment. C'est comme ça. Je suis myopathe et c'est à moi de m'en accommoder. Je vis avec. Chacun a le droit de se plaindre et de trouver sa vie difficile. Les gens n'ont pas à se sentir obligés de s'excuser d'avoir des contrariétés quand ils me fréquentent. Un problème que je juge minime peut paraître insurmontable pour d'autres. La maladie n'est pas un prétexte à mettre forcément en tête de liste des atrocités à endurer. Moi aussi je gueule contre les injustices, les tracas quotidiens. Je relativise à chaque fois parce que, je sais que, quelque part, un mec est plus atteint que moi. Je me répète, mais c'est comme ça. Je suis malade et je fais avec. Je n'ai pas le choix. Tout simplement. J'accepte mon handicap, ce sont les autres qui ne l'acceptent pas... Ce qui est cocasse, c'est que le handicap est une gêne chez ceux qui n'en souffrent pas directement. Je désire vivre en dehors de ma condition, je veux dire par là que je m'efforce d'être plus que ma maladie, plus que mes jambes. Mon incurable optimisme à la con, je suppose. Peut-être que dans une vie différente je cours comme un putain de marathonien.

– Les gens ont tendance à chouiner pour tout et n'importe quoi. Ils sont fatigants.

– Je suis d'accord et je ne vais pas m'obliger à m'apitoyer sur mon sort. Ou alors je reste couché toute la journée.

– Dis, tu crois au bonheur ? me questionna-t-elle soudain avec une curiosité grave.

– Ah ouais, carrément, sans prévenir tu me balances ça ?

– C'est une vraie question. Tu crois au bonheur ?

– À celui des autres. Pas au mien.

– Pourquoi ?

– C'est juste une affaire de ressenti. Le bonheur s'est refusé à moi le jour où mon corps m'a lâchement abandonné pour ne plus répondre à mes envies. J'éprouverai constamment un manque, un vide, une douleur fantôme, à l'instar de celle qui tourmente les amputés. Et là où l'existence se révèle ironique, c'est que l'on me laisse ces membres inutiles comme pour me rappeler incessamment ce que j'ai perdu.

– Tu vas te moquer de ce que je vais dire mais moi, j'y crois. Vraiment ! Tu trouveras ta bonne personne, celle qui s'occupera de toi. C'est tout. Point final. Tu as tant à offrir. Tu es quelqu'un de bien. Tu es intelligent, drôle…

– Beau ?

– Oui, beau.

– Sexy ?

– Tu ne sais pas t'arrêter. Sexy, faut pas déconner ! me dit-elle en éclatant de rire. La maladie n'est pas l'argument le plus vendeur quand tu veux draguer. On est d'accord là-dessus ! Je vais te dire un truc, mais j'ai conscience, en le disant, d'être affreuse. Vous, les handicapés, enfin toi parce que je te parle à toi, ton défaut, il apparaît clairement même sans te connaître. On ne peut pas passer à côté. Alors que chez certains valides, au premier abord, leurs défauts ne sautent pas aux yeux. Ils font illusion. Certains ont le vice ou la prétention de jouer les romantiques, les jolis cœurs, les gens bien sous tous rapports et une fois que tu les connais, leurs défauts te sautent aux yeux et tu te rends compte que ce sont de véritables connards. Une pub te vante les qualités d'un produit, on est d'accord ? Ce n'est qu'une fois en possession du produit que tu sais si tu t'es fait arnaquer ou pas. Je n'ai jamais vu une pub qui vantait les défauts d'un objet. Avec toi, on n'a pas de surprises, les choses sont clairement établies et c'est cette vérité dans les relations qu'on ne retrouve plus. Certaines personnes pensent que le handicap piétine le naturel. J'aurais presque tendance à dire qu'il le ressuscite. »

Elle se leva pour picorer quelques chips dans le paquet que tenait égoïstement Marco. Il ronchonna. Elle en prit une plus grosse poignée. « Juste pour t'emmerder. » Il rouspéta de plus belle. Puis elle mit de la musique sur son smartphone en activant une playlist aléatoire qui voyait s'enchaîner variétés françaises et internationales. Je reconsidérai ce que m'avait dit Mariana sur l'image que je renvoyais et son impact. Il était vrai que dans les tournois de séduction, dans le poulailler où il n'occupait pas le sommet du perchoir, l'invalide était un coq déplumé.

Mariana revint s'asseoir à mes côtés et me mit quelques chips dans la bouche. Voilà qu'elle me donnait la becquée, à moi l'oisillon. Il n'y avait qu'avec elle et les garçons que je m'autorisais tant de dépendance.

« La maladie fait peur et ça, tu ne peux rien y faire, reprit-elle comme si de rien n'était. Ça peut être difficile pour une femme de se mettre en couple avec un invalide. C'est compliqué de le concevoir, mais loin d'être aussi insurmontable ou si dégradant que tu l'imagines.

– Si tu le dis mais il faudra davantage d'arguments pour me convaincre ! Bon, assez parlé de moi, et toi ? Tu fréquentes quelqu'un en ce moment ?

– Pas vraiment, mais j'évolue, tu sais. Je me surprends quelquefois à songer aux joies de la vie à deux. C'est que je vieillis ! Je vois quelqu'un mais il est encore trop tôt pour en parler. Promis, tu seras le premier au courant si ça devient sérieux ! »

Mariana déposa sa main affectueuse sur ma joue puis se rapprocha de la table où mes trois amis avaient déjà commencé à s'empiffrer.

Je les regardais avec tendresse. J'étais avec eux. Heureux. Je n'aurais échangé ce moment contre aucun autre. J'aurais même tout donné pour qu'il dure indéfiniment. Je ne vivais que par abstention et appréciais par la force de l'habitude le goût amer du « trop peu ». La maladie se repaissait du rien, du vide auquel j'opposais du panache, de la désinvolture, car observer depuis le banc de touche, c'était quand même une excellente façon de vivre. C'est à ce moment précis que je compris que l'amitié demeurait le meilleur remède à la myopathie et que les médecins les plus compétents du monde ne pourraient jamais le mettre en seringue.

| 6 |

Un ogre

Je décidai de revoir Bernadette quelques semaines après notre première entrevue et Romain accepta à contrecœur cette idée absurde. Il ne se priva pas de m'imposer de longues mises en garde en soulignant mon opiniâtreté enfantine.

« Tu veux y retourner alors que tu trouvais l'ambiance malsaine ? Tu es bizarre comme mec !

– C'est quand même toi qui me l'as présentée ! Et maintenant, tu me reproches de vouloir y retourner ? rétorquai-je.

– Je t'emmène, je t'emmène, mais ne viens pas pleurer, si ça se passe mal. Tu l'auras cherché ! » me sermonna-t-il.

Il continua à piailler une succession de phrases alambiquées et inintéressantes, du bruit à défaut d'une parole censée.

L'atmosphère orageuse qui enveloppait le bâtiment attisa mon inquiétude. Le ciel de novembre gris et lourd agissait comme une chape de plomb. La seule touche de verdure provenait d'un bouquet de sapins qui ployaient sous les bourrasques dans un sifflement strident auquel s'ajoutaient le faible grincement de volets lointains et le hurlement des chiens alertés par le crissement des pneus sur la terre. « Vraiment parce que c'est toi… » soupira Romain. Nous convînmes après une brève discussion de procéder différemment cette fois-ci. Il monta le fauteuil roulant jusqu'au palier puis revint me prendre sur son dos. À chaque enjambée, je l'entendais souffler et grommeler. J'ironisais sur sa force physique, le flattais pour calmer son exaspération. Arrivé au niveau de ma carriole, il me balança dedans avec mollesse et me dit, le visage fermé, qu'il attendrait dans la voiture. Il ne put s'empêcher d'ajouter un « Allez, va baiser, mon cochon ». Je me retrouvai seul dans le couloir obscur. Je jetai mes mains sur le mur espérant qu'elles se raccrochent à l'interrupteur qui prenait un malin plaisir à se dérober. J'abandonnai rapidement ma quête et concentrai mon regard pour y déceler des contours, des formes auxquelles je pourrais me cramponner pour me repérer sans difficulté. Au bout de longues secondes, je perçus un petit rai de lumière qui filtrait sous la porte de Bernadette. Je m'avançais doucement, retenant mes roues pour ne pas donner de trop fortes impulsions et me propulser comme un boulet de canon. Le couloir était jonché de bâches plastiques qui crissaient sur mon passage et il desservait deux autres pièces sans porte qui devaient sans doute constituer un nouvel appartement. L'insalubrité du lieu m'apparaissait de plus en plus flagrante et j'imaginais sans mal l'origine d'une telle situation. Un promoteur peu scrupuleux avait à l'évidence lancé les travaux avant de s'apercevoir de l'ampleur de la tâche et du surcoût matériel engendré. Les futurs propriétaires avaient dû acheter sur plan et s'étaient sûrement retrouvés désemparés face aux garanties financières contestables du responsable parti avec la caisse. Bernadette, femme célibataire, sans emploi fixe et avec un fils à charge dans un état végétatif, devait payer une misère pour un logement aux finitions douteuses. Prudent, je progressais dans ce couloir qui me paraissait interminable et je ne pouvais réfréner une angoisse pesante accentuée par le gémissement sinistre du vent qui s'engouffrait dans le corridor. Devant la porte, les jambes tremblantes de nervosité, les mains moites, je mis les freins et collai mon oreille pour tenter de percevoir un signe de vie. Rien. Je toquai fébrilement. Toujours rien. Dehors, le tonnerre grondait et les murs vibraient. J'envisageai de partir. Après tout, j'aurais d'autres occasions. Mais dans une ultime tentative, je frappai de nouveau. J'attendis une quinzaine de secondes que Bernadette se manifeste. Mais rien. Définitivement rien. Alors dans un mouvement de découragement, je pris un des cale-pieds qui armait mon fauteuil et tapai si fort que l'écho creva le silence et ricocha dans le couloir pour s'échapper à l'extérieur. Soudain, j'entendis le crissement d'une chaise sur le parquet et une voix grommeler sourdement. Un pas lourd s'intensifia et se dirigea vers moi. Un trousseau de clefs s'agita dans la serrure et la porte s'ouvrit dans un couinement suraigu. Un homme au ventre gras, vêtu d'un marcel blanc taché de sauce se présenta à moi.

« C'est toi qu'a cogné ? C'est pourquoi que t'es venu ? demanda-t-il en se grattant l'énorme touffe de poils gris semblable à une moquette qui recouvrait son torse et débordait de son marcel.

– Bah… euh… comment… Ber… Bernadette… est là ? » bégayai-je.

Je m'efforçai de rester impassible malgré le malaise qui m'oppressait et je remarquai avec humour que Bernadette avait bien changé depuis ma dernière visite. L'inconnu au visage bouffi, couperosé, mangé par une épaisse barbe broussailleuse, entravait l'entrée de l'appartement de son corps obèse. Il me surplombait de toute sa hauteur, mais je gardais un recul critique par rapport à la taille des gens, dans la mesure où, assis constamment dans un fauteuil, tout le monde paraît grand, et être à hauteur d'un cul a quelque chose de plaisant seulement quand il est féminin et bombé. Le poivrot renifla en tirant sur la boucle de sa ceinture pour remonter son jean débraguetté. Il enfonça sa main énorme comme un battoir dans sa poche gauche et en ressortit un mouchoir en tissu chiffonné dans lequel il toussa avant de lâcher un glaviot gros comme une huître. Il se pencha vers moi dans un effluve acide de transpiration et me fit signe d'entrer. Je le suivis avec réticence jusqu'au salon. Je n'avais plus le sentiment de maîtriser quoi que ce soit. Les longs et épais rideaux cramoisis renforçaient l'extrême moiteur de la pièce. Collé à un pan du mur, un aquarium à l'eau verdâtre, véritable cimetière à poissons rouges, diffusait une odeur nauséabonde. Des tuyaux en caoutchouc transperçaient les cloisons, des fils électriques pendaient tristement dans le vide, tout criait l'insalubrité du lieu. Bernadette, assise près de la table centrale du salon, les bras croisés, le regard perdu, en nuisette violette, ne répondit pas à mon bonjour. De ma place, je voyais le lit défait et les chaussures du type qui traînaient à son pied. Je compris qu'ils baisaient et que mon insistance avait mis fin à leurs ébats, agaçant sans doute le pochtron qui m'avait reçu. La main gauche aux doigts boudinés posée sur l'épaule de Bernadette, il resta debout, attrapa par le goulot la bouteille de rosé sur la table et s'en remplit un verre à moutarde qu'il avala d'une traite.

« Mais dis-moi quelque chose, comment t'es monté ici avec ta poussette ? demanda-t-il en s'asseyant auprès de Bernadette toujours muette et absente.

– Je suis passé par la cheminée ! »

Il s'esclaffa d'un rire sonore, battit des mains avec exagération puis manqua de s'étouffer avant de cracher un mollard jaune dans son verre, faute d'avoir songé à son mouchoir.

« Tu la baises aussi ? » me lança-t-il en tapant joyeusement dans le dos de Bernadette qui rougit aussitôt d'être maltraitée ainsi devant moi.

Je détournai le regard.

« Non… c'est une amie… je connais son fils donc j'étais passé la saluer.

– Ah lui ! Laisse-le où il est ! C'est un légume avarié ! Même pas bon pour la soupe ! » ricana-t-il.

Bernadette gémit de tristesse puis cacha ses yeux de ses mains tremblantes avant de s'enfiler deux verres de rosé cul sec. Le gros tas se leva, ouvrit brutalement le tiroir d'un grand buffet arrondi en acajou qui semblait peser une tonne, où il fouilla en maugréant. Jetant à terre les prospectus qui y étaient entassés, il en sortit triomphal un paquet de cigarettes et une boîte d'allumettes. « T'en veux une, gamin ? » Je fis signe que non. Il se rassit et se mit à pétrir le sein de Bernadette avec ardeur puis passa sous la nuisette en s'impatientant face à la mauvaise volonté de sa partenaire. Il cherchait à la doigter, frottait son museau sur sa joue, déblatérait quelques conneries sur sa virilité et exhalait une haleine chargée de reproches humides, de violence affamée, d'amour mal digéré.

« Vous… vous… pouvez arrêter de… de… faire ça ? Bernadette… a pas trop l'air d'accord… bafouillai-je.

– Hein ? Tu baragouines quoi là dans ta barbe ? Je fais ce que je veux ici ! T'as compris ? T'as autre chose à me dire ?

– Non, non, c'est bon, renonçai-je lâchement. Je vais y aller… mon ami doit poireauter en bas. Je tenais fermement mon téléphone, prêt à appeler Romain si l'annonce de mon départ venait à contrarier ce gros beauf.

– Je me barre aussi ! Faut que j'aille m'acheter à grailler, ça creuse cette merde de rosé ! Et toi, ma chérie, tu m'attends, je vais revenir. »

À peine avait-il claqué la porte que Bernadette réarrangea sa nuisette, se traîna jusqu'à son lit et se roula en chien de fusil.

Comme si je n'étais pas là. Avant de la rejoindre, je jetai un œil dans l'embrasure étroite et pénétrai dans la chambre de son fils, guidé par la honteuse curiosité de découvrir un homme plus atteint que moi, et ainsi me rassurer sur mon état. Allais-je lui ressembler un jour ? Sur quatre étagères s'empilaient des paquets de couches et des tubes de crème anti-escarres. Les murs étaient habillés de photos encadrées qui montraient Bernadette et ce que je supposais être ses filles et son ex-mari. Une affiche du film *Terminator* était punaisée à côté de la fenêtre dont les volets mi-clos accroissaient l'inquiétante pénombre d'une chambre seulement éclairée par la lueur discrète d'un abat-jour en macramé posé sur une table de chevet. Au centre de la pièce, trônait un énorme lit médicalisé où il gisait, chétif, immobile, englué par la maladie, la gorge perforée par une trachéotomie. Malgré une bonbonne d'oxygène fixée sur un guéridon à laquelle il était relié, il subissait des crises d'étouffement. Il poussait des grognements aigus et répétés, manifestation de la peur qui le transperçait à la vue du visage étranger que je lui offrais. Plus je m'avançais vers lui, plus ses cris s'intensifiaient. J'attrapai sa main molle, glacée, pour tenter de l'apaiser. Il arrêta ses couinements. Il me fixait si intensément que je crus, un bref instant, déceler dans ses yeux verts une lueur, une présence qui souffrait d'être enfermée depuis si longtemps et qui aimerait trouver en moi la réponse à sa détresse, la clef de sa prison. Était-ce un appel au secours ? Je pouvais retirer son masque narinaire qui mangeait son visage osseux et le laisser s'échapper de ce mouroir. Personne ne m'aurait soupçonné. Son corps éteint, réduit à sa dépouille cadavérique, pourrissait lentement dans ce lit qui empestait la crème hydratante. « Je me doute que tu souhaites en finir mais je ne peux rien faire », lui soufflai-je à l'oreille. Il cligna frénétiquement des paupières, phares solaires éclatants, balisant un chemin vers l'abîme, et je fus persuadé qu'il me comprenait. Je ne voulais pas finir comme ça : agoniser entre le triste crépuscule de la décomposition et la beauté d'aurore de l'espoir. Avant de quitter les lieux, je retournai dans la chambre de Bernadette m'enquérir de son état. Elle ronflait en travers du lit et un filet de bave s'échappait de sa bouche. Je partis.

Une tristesse

Comme je restai silencieux sur le trajet du retour, Romain crut que j'étais fâché.

« Pas du tout, je suis juste un peu fatigué. Elle n'était pas d'humeur donc on n'a rien fait.

– Je t'avais prévenu. »

Je repensais à la relation éphémère que j'avais entretenue avec Bernadette. Nous étions bien loin des *romcoms* à l'américaine ou des films de Woody Allen qui nous racontaient, avec une certaine dose de dérision, LA rencontre et LA passion amoureuse dans tout ce qu'elle dégageait de volupté et de lyrisme. Le genre de relation qui plaçait les individus dans une sorte d'extase illimitée. Un amour à la destinée cosmique. Pour ma part, et comme beaucoup d'autres, j'avais sombré dans le pathétique et l'épouvantable. Je n'incarnais pas ce jeune cadre dynamique, désapprouvé par mes pairs, mature, animé par la quête de l'âme sœur et qui réfléchissait au sens de l'existence en papillonnant dans des bars branchés à siroter des mojitos fraise. Elle, elle n'était pas l'étudiante timide, incertaine de son génie créatif, en décalage avec une société déshumanisée qu'elle refusait, et qui éprouvait les pires difficultés à trouver celui capable de la rassurer et de l'aider à s'épanouir. Nous ne nous étions pas rencontrés au comptoir d'un restaurant italien surfait, perdus respectivement dans nos soucis, en délicatesse avec nos amis fiers de fêter une promotion ou un deuxième enfant qui achevaient de les asseoir comme des couples modèles. Nous ne nous étions pas non plus rapprochés autour d'un verre après un échange de banalités bien senties. Bernadette n'était pas la voisine maladroite qui me touchait par sa candeur. Je n'étais pas ce voisin mystérieux, fantasme féminin du brun ténébreux qui cache en réalité une fragilité qui le sublime. La baise qui nous avait unis était d'une laideur misérable et ne découlait pas d'une balade à Central Park ou sur la place de Trevi à rire de nos différences et à nous imaginer un avenir commun. Nulle étreinte sur un lit parsemé de pétales de roses, rythmée par la voix suave d'un crooner, mais sur un drap râpeux, bouloché et délavé, dans un silence entrecoupé par les gémissements exagérés d'une simulatrice patentée. Nous échappions aux stéréotypes d'un amour niais, pur, qui exaltait les sens et redonnait des couleurs à une vie terne. Nous n'éprouvions que le réel dans ce qu'il exhalait de plus brutal, dans ses intrications hasardeuses et tourmentées, dans ses folles incertitudes. Des chairs rongées par une maladie à l'appétit avide et toujours inassouvie épousaient une carcasse flétrie, persécutée par la faiblesse de l'âge, une vieillesse qui réduisait peu à peu les possibles, ponçait la jeunesse éternelle jusqu'à en spolier tout l'éclat. Des corps qui se retrouvaient dans la pitié de l'Autre. Tout demeurait bruyant, âpre, cruel, écœurant. Elle était là, allongée, la misère sociale. Quelques ménages, quelques passes, itinéraire d'une paumée. Nos silhouettes se déformaient sous le poids du malheur, une asymétrie fantasque déséquilibrait nos sentiments. Je voulais hurler dans ce désordre. Cependant, la déchéance répandue dans cet appartement annonçait que toute la disgrâce qu'il renfermait ne devait être sauvée d'un oubli total. Une honte vaguement douloureuse et une tristesse indéfinissable me submergèrent.

| 7 |

Une chute

Décembre et janvier passèrent. Lentement. Comme à leur habitude. Le passage à la nouvelle année fut discret. J'avais espéré être convié à une soirée. L'invitation ne vint jamais. En général, pour ce genre d'événements, les gens préféraient être invités qu'organiser. S'emmerder avec les préparatifs du repas, gérer les copains bourrés, composer avec les envies des uns, les attentes des autres, mais surtout se retrouver à tout nettoyer et ranger le lendemain pendant que les mêmes amis cuveraient tranquillement chez eux en pyjama. J'avais lancé à quelques connaissances de vagues « quelque chose de prévu pour le 31 ? » et ils m'avaient répondu d'hésitants « je ne sais pas, rien pour l'instant », « faut que je voie », « oh ! je vais peut-être rester peinard à la maison, en amoureux ». Finalement, j'avais passé la soirée seul dans mon lit, avec un plateau de sushis et une bière japonaise offerte avec la livraison, à regarder un bêtisier d'images vues cent fois et des acteurs, chanteurs, animateurs, se succédant avec une bonhommie surjouée pour me souhaiter une bonne année. Une année commencée avec la solitude ne pouvait être qualifiée de « bonne ». Cependant, ça ne se faisait pas de souhaiter une « mauvaise » année. Je reçus quelques textos mielleux destinés à plusieurs personnes et un « Bonne année trou du cul » de Romain. Il récolta en retour un « Merci connard! toi aussi! Qu'elle soit longue et vigoureuse... l'année évidemment! » C'était la fête!

Romain était parti pour un stage de deux mois à Nice où il se formait aux métiers du tourisme, François sillonnait les routes de Corse pour vendre aux boutiques saisonnières les souvenirs que s'arracheraient les futurs vacanciers, et Marco ne donnait que très peu de nouvelles. Résultat, je restais seul chez moi où l'infirmière continuait ses visites et ses injections. Je me sentais mieux, beaucoup mieux. Mes douleurs musculaires s'estompaient enfin, mais l'amélioration de mon état général était pour l'instant en deçà de ce que je souhaitais. La guérison brusque n'étant qu'un espoir insensé, je me prenais malgré tout à rêver de gestes impossibles, de projets fous que je mènerais en pleine possession de mes moyens, debout.

Février approcha dans un froid glacial. Bien trop sensible aux fraîches températures qui me courbaturaient, je traînais à la maison au chaud, travaillant un peu sur mes copies pour me donner l'illusion que je servais à quelque chose. Mais gagnant en vigueur et en vivacité de jour en jour, je me refusais à toute déprime. Après plusieurs mois de traitement, ce qui me dominait, c'était une brillante énergie. L'attrait de la vie me revenait avec force. J'allais bientôt exister aux yeux du monde. Mon heure viendrait. Je serais un tout autre homme.

Lorsque Romain et François rentrèrent de leurs occupations respectives, Marco ne perdit pas une minute et mit toute son énergie à organiser un apéritif en ville. Encore. Toujours. Je n'en avais aucune envie, ras-le-bol de ces soirées. « Allez, tu n'es pas sorti depuis un moment! Ça va te faire du bien! » insista-t-il au téléphone.

Il était vrai que dans cette vieille ville monotone et inadaptée, à part boire, il ne me restait pas grand-chose. Et les soirées dans les bars impliquaient des déplacements réduits, peu de transferts, détail d'importance pour le dos de Romain, et offraient en prime la possibilité de rencontrer des gens de tous horizons avec, dans le lot, des personnes, à défaut d'être intéressantes, au moins amusantes. En y réfléchissant, c'était un comble que les bars demeurent les endroits les plus accessibles au vu des normes obsolètes et inadéquates que le gouvernement préconisait dans leur vaste plan d'accessibilité universelle garantissant l'accès « à tout pour tous ». Pas de marches, que du plain-pied. Le monde s'agençait pour que je puisse continuer à déguster mes cocktails. À la myopathie s'ajouterait la cirrhose. Les cages d'escaliers découpaient le cinéma, balafraient le théâtre, fuyaient dans toutes les directions des édifices culturels et administratifs. Je ne pouvais me divertir que par l'ivresse. Heureusement, j'avais l'alcool joyeux.

François m'incita plusieurs fois à m'inscrire dans une association de bénévoles qui proposaient aux handicapés des sorties en montagnes ou sur des sentiers reculés. « Pour te changer les idées », me disait-il. Je refusais catégoriquement. Je ne m'imaginais pas confortablement installé sur une joëlette, tel un pacha arborant une expression de parfaite sérénité et un air de triomphe railleur, pendant que des quadragénaires transpirant de compassion, harassés de fatigue, galéreraient sur des chemins ravinés ou des pentes herbues. Bringuebalé de toutes parts, je pousserais le cynisme jusqu'au bout en m'adressant à ces braves : « Allez du nerf jeunes gens, le rythme ralentit. On se remue, on y va ! Doucement, ça bouge ! Faites attention, quand même ! Un peu de sérieux ! Ah, quelle agréable promenade ! » Non, définitivement non. Je ne supportais déjà pas mon handicap, alors le faire porter par d'autres… Quand bien même le paysage alentour était magnifique et sauvage. Je me distinguais de certains handicapés prétentieux qui s'arrogeaient le prestige des bénévoles qui les accompagnaient sur des triathlons d'endurance *Ironman*, alors que ces mêmes invalides ne faisaient rien d'autre que se faire secouer dans tous les sens et trimballer sur des kilomètres comme un boulet. Certes, la performance symbolique mouillait les yeux d'émotion mais cela ne faisait pas d'eux des champions courageux et il n'y avait pas de mal à reconnaître que les invalides n'avaient servi à rien dans cette prouesse physique.

Romain vint me récupérer vers 19 heures 30. Les établissements de nuit et autres bars multipliaient les messages sur les réseaux sociaux et les initiatives pour dynamiser notre centre-ville. Le système de livraisons à domicile s'était largement développé, ce qui m'arrangeait puisque j'avais désormais accès à de nombreux services. Le bar dans lequel nous allions proposait une carte de cocktails originaux préparés par une serveuse fraîchement débarquée des Vosges qui avait tapé dans l'œil de Romain.

Nous n'étions que trois ce soir-là: Romain, Marco et moi. François nous planta. Ne répondant ni à nos appels ni à nos messages de relance, il avait compris que cette soirée ressemblerait aux précédentes et qu'il ne perdait pas grand-chose à s'en passer. Je n'étais pas loin de penser comme lui, mais je n'avais pu me faire porter pâle et trouver une excuse crédible pour rester tranquille chez moi. Je fus surpris du monde qui se baladait en ville, et encore plus de la présence de quelques vacanciers qu'on reconnaissait à leur dégaine vestimentaire et leur impolitesse. Ils parlaient fort, s'interpellaient avec vulgarité, lambinaient devant les menus des restaurants exhibés sur des panneaux en bois qui squattaient les trottoirs. Romain, qui me poussait, doubla des vieux qui se traînaient, contourna un couple de touristes, un homme et une femme d'une cinquantaine d'années, et leurs trois enfants turbulents qui se poussaient devant nous, rendant les manœuvres délicates. J'incitais Romain à ralentir.

« Je fais ce que je peux ! Ce n'est pas évident. Tu n'as qu'à t'accrocher une sirène sur le côté pour qu'on nous laisse passer. »

Lancés à vive allure, nous ressemblions au gamin sur son vélo qui trimballait dans le panier avant E.T. Ma position ne me laissait pas d'autres choix que d'incarner l'extraterrestre. Moi aussi je voulais rentrer à la maison. Le fauteuil roulant tressautait en permanence sur des cailloux, butait sur le goudron gondolé, s'empêtrait sur les trottoirs éventrés, tandis que je basculais d'avant en arrière, d'arrière en avant, me cramponnant si fort à la toile du siège que mes muscles se crispaient. Romain prenait toujours plus de vitesse et rechignait à m'écouter. Soudain, la petite roue avant gauche se coinça dans un trou que je n'avais pas vu et je fus projeté tête la première sur le bitume. Romain n'eut pas le réflexe de me rattraper pour amortir ma chute. Saisi de panique, il se précipita vers moi, appela Marco à la rescousse et se confondit en excuse. Après m'avoir laissé quelques minutes reprendre mes esprits, ils me soulevèrent et me transférèrent sur le fauteuil où je tenais fébrilement.

« J'ai envie de dégueuler.

– Normal avec le vol plané que tu as fait. Je suis désolé, je suis désolé, désolé, je n'ai pas vu le trou ! Fais chier ! Route de merde ! Et personne qui s'écarte pour nous laisser passer. Ils voient qu'on galère mais tu crois qu'il y en a un qui va se pousser, tu parles ! Ils nous regardent comme des veaux ! Bande de connards !

– Calme-toi, calme-toi, je n'ai rien de cassé, je suis un peu dans les vapes mais ça va. Je vais boire quelques shots de vodka, ça va me réveiller !

– Tu ne vas rien boire du tout espèce de fou ! On va appeler les pompiers et aller à la clinique.

– Mais non, ça va déjà mieux. Je suis un peu sonné, mais…

– Mais rien du tout, me coupa Marco, t'as la gueule en sang ! Regarde l'état de tes mains et tu t'es ouvert l'arcade. On voit même un morceau de gras, c'est profond rrrrh », poursuivit-il.

À ces mots, je me sentis défaillir. Je déglutis plusieurs fois. Je ne m'étais pas aperçu qu'un filet de sang chaud et visqueux dégoulinait le long de mon œil et recouvrait la moitié de mon visage. Ma doudoune et mon jean en étaient maculés. J'avais des bouffées de chaleur. Marco repoussa les gens qui s'attroupaient autour de nous pour proposer leur aide. Je n'aimais pas attirer l'attention, mais là pour le coup, tous les regards étaient braqués sur moi et j'étais la cible de commentaires compatissants nuancés de moqueries. « Oh le pauvre ! », « Eh bé dis donc, il s'est pas raté ! », « C'est vraiment pas de chance ! », « Il doit souffrir ! », « Ça va pas l'arranger ! ». Les pompiers arrivèrent. L'une d'entre eux, une jeune femme que je connaissais de vue, s'occupa de moi. Elle me désinfecta les plaies en tapotant délicatement avec un coton, guettant les expressions de mon visage tuméfié pour évaluer ma douleur, mais ma gueule figée ne laissait filtrer aucune information. Elle entreprit de me rassurer sur la gravité de mes blessures, tentative gâchée par sa mine soucieuse, son regard fuyant et son ton peu convaincant. Ses collègues m'installèrent sur un brancard. Romain fut autorisé à monter dans le camion. Marco se chargea de récupérer la voiture et rentra chez lui sous ma recommandation.

Aux urgences, les pompiers me déposèrent dans un coin de la triste salle d'attente saturée d'affiches de prévention des accidents domestiques.

« Les urgentistes vont prendre le relais et s'occuper de vous », m'informa la jeune femme.

Je dus attendre une bonne heure et demie parmi les éclopés de la soirée avant d'être reçu par la médecin de garde. Il y avait une femme arabe qui compressait son œil avec un gros pansement et qui baragouinait quelques mots indistincts que j'interprétai comme une prière pour supporter la douleur, un touriste italien surexcité, gesticulant pour se faire remarquer, qui beuglait des « Aiuto, aiuto, poignet cassé, poignet cassé ! », et un vieux grincheux dans un fauteuil roulant, accompagné de sa fille et de son fils qui commençaient à perdre leur sang-froid et ne tenaient plus en place. Enfin, un adolescent avec le bras gauche en écharpe pleurait à chaudes larmes. Il semblait vraiment souffrir. Romain bouillonnait en faisant les cent pas et finit par sortir fumer une clope. Je patientai là, sans broncher, avec ma gueule en biais qui continuait de saigner légèrement, touchant souvent mon arcade avec mes doigts éraflés pour constater à chaque fois l'ampleur des dégâts : la chair ouverte à vif. Après une attente interminable, la médecin me reçut dans son cabinet, enfila des gants, désinfecta de nouveau toutes mes plaies puis me questionna sur mes antécédents médicaux.

« Pour les mains, il va falloir attendre que ça cicatrise et passer de la Biafine régulièrement pour nourrir et hydrater la peau. Pour l'arcade, je vais vous recoudre.

– C'est douloureux ?

– Ce n'est pas agréable, mais c'est largement supportable.

– Tant que j'y pense, j'ai une infirmière qui vient à domicile, précisai-je.

– Très bien ! Elle vous enlèvera les points et vous changera le pansement. Je vais tout vous écrire sur l'ordonnance. Je ne sais pas comment vous avez fait votre compte, mais vous ne vous êtes pas raté !

– En général, je réussis ce que j'entreprends, blaguai-je, c'est mon côté jusqu'au-boutiste. J'ai toujours rêvé d'être cascadeur.

– Vu votre état, un changement de carrière est à envisager.

– Faites-moi une belle cicatrice ! J'ai encore la prétention de rester beau !

– Ne vous inquiétez pas, vous serez le plus beau des balafrés, s'amusa-t-elle avant d'ajouter d'un ton léger : Allez, c'est parti ! »

Elle enfonça une grosse seringue dans l'arcade boursouflée pour y injecter un anesthésiant local puis stérilisa une aiguille, glissa le fil chirurgical et commença à recoudre proprement. Elle procédait rapidement, mais avec calme et précision.

« Je vous félicite, vous n'avez pas bougé.

– Je suis un habitué des hôpitaux. J'ai une carte de membre ! »

Elle me prescrivit des antidouleurs, me salua et me raccompagna jusqu'à la sortie. Romain ne dit pas un mot sur le chemin du retour puis, après qu'il m'eut aidé à me coucher, blêmit à la vue de mon visage gondolé recouvert de pansements et s'excusa au bord des larmes.

« Je m'en veux tellement si tu savais…

– Ce n'est rien, ça va, ce n'est pas ta faute ! Allez, on passe à autre chose. Rentre te reposer, ça va te faire du bien », le rassurai-je.

Dans l'absolu et sans ironie, ce n'était rien : quelques ecchymoses qui tendraient progressivement vers le bleu violacé, un léger traumatisme crânien s'apparentant à une bonne migraine, des doigts éclatés, une balafre suintante et une doudoune tachée irrécupérable. Finalement, cette soirée avait réservé son lot de surprises et m'avait arraché à la routine des jours. Demain continuerait d'arriver et la vie reprendrait son cours inéluctable, poursuivrait sa trajectoire ennuyeuse, me conduirait sur la pente douce de la monotonie. Oui, demain serait un autre jour et je rentrerais dans le rang.

Un fauteuil

Suite à ma chute pathétique, Romain insista pour que je prenne un nouveau fauteuil roulant, un plus léger, plus maniable, avec des roues avant plus grandes pour que le fauteuil ne se bloque plus dans les trous ou entre les pavés.

« Tu es marrant toi ! Ça coûte un bras un fauteuil et je n'ai pas envie de m'emplâtrer de trois mille euros, donc soit on remplit des dossiers de subvention auprès de la MDPH pour voir si je peux gratter quelque chose, soit je laisse tomber. De toute façon, je suis bien dans mon fauteuil, je n'ai pas spécialement envie de le remplacer.

– On peut au moins se renseigner », suggéra-t-il.

Si le traitement fonctionnait, si je guérissais vraiment, je n'aurais plus jamais à me renseigner. L'impatience de savoir ce que je pouvais être sans ce fauteuil et l'allure que je pourrais avoir debout me donnaient, plus que tout, la force de m'en défaire.

Après avoir obtenu une prescription de mon médecin traitant, je rentrai en contact avec une enseigne spécialisée dans le paramédical. Un commercial d'une bonne cinquantaine d'années débarqua dix jours plus tard. Transpirant à grosses gouttes, il portait avec difficulté un attaché-case et une pile de catalogues concernant les différents modèles de fauteuil roulant des marques qu'il représentait. Il était étriqué dans sa chemise noire cintrée et son ventre débordait au-dessus de la ceinture de son jean trop serré. Ses cheveux coupés courts, grisonnants, et sa barbe lui conférant un air faussement négligé, lui allaient plutôt bien. Dynamique, il avait l'apparence d'un quinqua qui voulait paraître plus jeune. Et ses efforts payaient, je lui aurais donné quelques années de moins.

« Bonjouuur jeune homme ! claironna-t-il. C'est donc vous le cascadeur ! L'homme qui valait trois milliards ! Ce sont les aléas du métier ! Vous avez essayé d'attraper une jolie demoiselle et hop ! On vous a fait un croche-patte. Il faut bien que jeunesse se fasse, me direz-vous ! »

Je n'avais rien dit puisqu'il m'accablait de phrases interminables à l'humour daté, parlant fort avec de grands gestes et sans marquer de pause.

« Je suis Bernard ! m'annonça-t-il fièrement, et nous allons vous trouver un carrosse à la hauteur de vos envies.

– À la hauteur de mon portefeuille surtout, coupai-je en regardant Romain qui s'était libéré pour l'après-midi. Son avis m'importait grandement parce que c'était lui qui me poussait la majeure partie du temps.

– Oh, vous savez monsieur, si j'ai bien appris quelque chose durant mes vingt ans d'expérience dans ce métier, c'est qu'on ne transige pas avec la santé ! Jamais ! Et là, nous parlons de celle de votre frère… » dit-il en se tournant vers Romain.

Ce dernier ne releva pas car il se considérait comme tel. Ça me touchait.

« Rien n'est trop cher pour votre bien-être ! J'ai dans ma manche, croyez-moi, une multitude de fauteuils à vous présenter et le prix ne doit pas être un frein. Je ne laisserai jamais l'argent prendre le pas sur la santé ! Question de principe. J'ai des tonnes de choses à vous montrer. Vous souhaitez vraiment rester sur un fauteuil manuel ? Parce que j'ai en réserve un modèle électrique avec une excellente autonomie et qui peut monter et descendre une marche, un trottoir. Je peux l'obtenir dans deux, trois jours.

– Non, ça ne m'intéresse pas, les fauteuils électriques sont trop lourds et ils ne rentreront jamais dans les voitures de mes amis.

– Mais ils sont costauds, je parie ! Regardez ce grand gaillard, ça ne lui fait pas peur ! Pour quatorze mille euros, il est à vous !

– Quatorze mille euros ? Il est siglé BMW votre fauteuil où ça se passe comment ?

– Non du tout ! Ce sont les tarifs pour des produits de cette qualité. Comme je le dis avec humour : quand on n'a pas les moyens d'être handicapé, on reste en bonne santé ! Entre nous, c'est une affaire ! Je vous offre le siège anti-escarres en plus. Avec sa vitesse, vous pourrez même rouler sur la route ! Vous me doublerez pour aller à la plage, s'esclaffa-t-il, fier de sa blague.

– Non, ce n'est pas ce que je recherche, qu'avez-vous en fauteuils manuels, insistai-je pour qu'il comprenne.

– Message reçu ! Je peux vous proposer celui-là, dit-il en feuilletant un de ses catalogues, il a un dossier réglable. Vous pourrez vous allonger dans votre fauteuil. Pratique si vous voulez dormir à la belle étoile !

– Non, trop lourd également, je dois aussi penser à ceux qui le plient, le soulèvent et le portent, voyez-vous. Il me faut le même que le mien mais en plus léger. Tout simplement !

– Hum, je vois ! Un fauteuil basique, sans options, sans fonctionnalités particulières. Un fauteuil peu coûteux donc facilement pris en charge par la Sécu. J'espère que ce sera possible, je dois me renseigner auprès de mes fournisseurs car certaines pièces ne sont plus produites. C'est embêtant, mais votre satisfaction est mon ambition ! »

Sa grandiloquence, sa bonhomie calculée et sa courtoisie intéressée nous mettaient mal à l'aise. Son numéro était trop bien ficelé. Pendant que certains investissaient dans une propriété, se payaient un voyage, s'acquittaient de frais en tous genres, j'envisageais d'acheter un fauteuil roulant, amas de tubes en métal, à peine plus confortable qu'un vulgaire vélo, à un prix exorbitant justifié par son indispensabilité. Me traîner par terre n'était pas une option viable. Après réflexion, j'abandonnai l'idée d'en changer et me contentai de commander une paire de roues avant un peu plus grandes pour faciliter la vie de mon chauffeur. Romain me les installerait sans problème. J'appris le vendredi suivant, au détour d'une conversation avec mon infirmière, que je venais de me faire racketter par un commercial véreux qui facturait plusieurs fois à la Sécurité sociale le montant des produits médicaux qu'il proposait dans ses brochures et refourguait sous des prétextes fallacieux à des parents délaissés et dépassés par la douleur insupportable d'un enfant handicapé à charge. Poignées de mains chaleureuses, intonation mielleuse et volubile, discours rodé, arguments teintés d'optimisme, il rendait l'inutile indispensable et le futile vital. En définitive, il vendrait des clous à Jésus.

| 8 |

Un contrôle

Malgré les conditions climatiques difficiles d'un mois de mars rythmé par les giboulées, un vent glacial pénétrant jusqu'aux os et des pluies cinglantes, je fus contraint de sortir de chez moi pour me rendre à Nice une journée. Ainsi, à la lueur de la pensée schopenhauerienne, toute ma vie oscillait, tel un pendule, de la souffrance hospitalière à l'ennui des soirées dans les bars. Le mail reçu stipulait un examen clinique complet permettant de confirmer ou non l'efficacité du traitement. Une biopsie musculaire n'était pas à exclure. Touché par une hernie discale, Serge ne put m'accompagner. Romain non plus ne put se libérer. Face à ces défections, je dus me rabattre en catastrophe sur Marco qui accepta immédiatement. Cette fois, je décidai de prendre l'avion, mais l'organisation hasardeuse des différentes compagnies de transport et le personnel mal formé à la prise en charge de voyageurs handicapés, me fit regretter amèrement mon choix. Pour eux, j'étais aussi encombrant qu'une valise : à mettre en soute.

Arrivés à l'hôpital en début de matinée, nous nous adressâmes à un réceptionniste antipathique. Avec un agacement non dissimulé, il téléphona à plusieurs bureaux administratifs pour se renseigner, haussa les épaules à chaque appel sans réponse avant de nous indiquer, peu sûr de lui, au troisième étage, tout au fond à gauche, la salle d'attente avec les sièges gris entre le service de gériatrie et la chambre funéraire. Entre la dépendance et la mort, j'allais être à ma place. Nous fûmes accueillis par une jolie brune en tailleur strict qui se présenta comme la « référente santé des maladies neuromusculaires évolutives et invalidantes de la région PACA ». Une longue qualification pour peu d'utilité.

À cause de vitrages granités, l'endroit, peu éclairé, était plongé dans une atmosphère inquiétante. L'odeur médicamenteuse, percée d'un relent de javel, envahissait les couloirs jusqu'à en imprégner les murs et les vêtements. Toute l'angoisse de la maladie, toute la fadeur de la vie. Sur une table de fortune recouverte de paperasse, la référente classait des dossiers où figurait pour chaque patient convoqué le résultat des examens réalisés au fur et à mesure par les infirmières. Un melting-pot d'invalides aux gueules déconfites macéraient déjà dans la salle d'attente en espérant leur tour : des « myopathes debout » informes, s'effondrant sur leurs cannes, faisant d'eux les aînés de contemporains qu'ils n'en finissaient pas de dépasser dans une vieillesse tangentielle et forcément prématurée, des « myopathes assis » ratatinés dans des fauteuils roulants, enveloppés dans des couvertures comme dans des linceuls, survivant encore par on ne sait quel miracle, des « myopathes indécis » en déambulateur, qui s'arrêtaient tous les vingt pas pour se reposer à l'image des *supercars* déglinguées s'immobilisant aux stands quelques instants. Tels des rats de laboratoire agglutinés, nous étions tous là pour la même raison : le suivi du protocole. La référente me proposa une collation avant de m'expliquer sa présence ici. Le cœur de son action se résumait en trois mots : guérir, aider, communiquer. En effet, elle parlait trop. L'équipe médicale assurait un roulement entre les malades et nous devions tous, à intervalles réguliers, nous entretenir avec la neurologue responsable du traitement puis avec sa consœur, spécialiste en médecine physique et de réadaptation. Marco me gara dans un coin et s'assit à mes côtés. Les deux praticiens étaient en consultation. Nous devions attendre d'être appelés. Marco, bras et jambes croisés, somnolait, affalé sur sa chaise, la tête rentrée dans les épaules. Il se réveillait par à-coups et matait les infirmières qui passaient. « Elle est trop belle, elle, mate ses seins! Trop, trop belle! Je lui montrerais bien ma grosse seringue rrrrh! » Je le toisais avec consternation. La neurologue sortit de son cabinet et appela un certain Guillaume. Un adolescent scoliosé, dix-huit ans tout au plus, tordu comme un point d'interrogation, se leva de son siège et se dirigea vers elle. Lesté du poids de la différence, un physique insipide, il marcha péniblement puis, parvenu à la hauteur de la neurologue, lui offrit une franche accolade entre ses bras malingres et la remercia. Déstabilisée, elle piqua un fard, repoussa son étreinte, réajusta sa blouse et referma la porte de son bureau derrière eux. J'aurais voulu la rassurer, qu'elle ne s'offusque pas de cet élan d'affection, on finissait toujours par s'habituer à l'odeur d'un handicapé. La référente nous prévint que la spécialiste allait nous recevoir. Nous entrâmes et découvrîmes une quinquagénaire souriante aux cheveux poivre et sel, lissés, avec une frange qui retombait sur des lunettes en écaille dont la couleur pimpante était accordée à son rouge à lèvres.

« Bonjour messieurs! Installez-vous, mettez-vous à l'aise et dites-moi si vous avez besoin de manœuvrer, je décale le bureau. Non, c'est bon? Super! Ohlalala, je vais être franche avec vous: je déteste ces journées!

– Ah, vous aussi? m'étonnai-je.

– Oui, c'est mal organisé! On vous fait venir de Corse, vous êtes fatigué du voyage, et vous attendez encore des heures, je trouve cela aberrant. Je suis certaine qu'avec un peu de coordination des différents services, nous aurions pu vous épargner ce déplacement. Je vous rassure, ce n'est pas agréable pour moi non plus ! Je rencontre des patients à la chaîne et je ne peux pas leur accorder toute l'attention nécessaire. Je n'ai pas le temps de prendre le temps ! Par moments, ma profession oublie l'une de ses devises : guérir parfois, soulager souvent, consoler toujours ! Bref, maintenant nous y sommes, vous allez devoir me supporter une heure, donc tâchons d'être efficaces, claironna-t-elle. J'imagine que vous en avez marre des discours moralisateurs, je vais essayer de ne pas trop l'être. Mon rôle est clair : vous aider à vous adapter à une future vie de personne valide en ciblant vos besoins et en vous renseignant sur les soutiens techniques disponibles, entre autres. Je vois dans le dossier que vous avez commencé le traitement depuis plusieurs mois. Première question, toute simple, comment vous sentez-vous ?

– Bien ! Je me sens bien, affirmai-je.

– C'est une bonne nouvelle ! Avez-vous pris conscience du protocole et de ses conséquences ?

– Oui, et assez rapidement d'ailleurs. Je crois vraiment être sur la voie de la guérison.

– Tous les indicateurs semblent le confirmer en effet ! Que ressentez-vous à cette idée ?

– Je peux espérer reprendre ma place d'homme dans la société.

– Vous pensiez l'avoir perdue ?

– Jusqu'à présent, je pensais surtout ne pas l'avoir trouvée !

– Et vous qui êtes son ami, que dites-vous de tout ça ? »

Elle nous regardait avec une bienveillance attendrie, presque maternelle, qui suscita une légère gêne chez Marco. Il n'avait pas imaginé être sollicité. Elle l'interrogea un long moment sur son appréhension de mon invalidité et ce rôle difficile d'aidant-ami où la culpabilité, l'empathie, la colère, l'affection s'entremêlaient et brouillaient la frontière fragile mais nécessaire, pouvant se rompre à tout instant, entre ces deux statuts. Il affirma que l'amitié c'était ça justement, « abattre les frontières ». Je fus soufflé par la spontanéité de sa réponse. Elle prit des notes en me questionnant sur tous les aspects de mon quotidien, sur mon adaptation face aux contraintes physiques et matérielles, sur ma manière non pas de surmonter le handicap ni de l'accepter mais de vivre avec, tout cela dans l'unique objectif, elle le répéta à plusieurs reprises, de soulager l'inconfort, de m'affranchir de la souffrance, de diminuer la dépendance. L'entrevue dura plus d'une heure. Pour la première fois, je n'eus pas seulement le sentiment d'être entendu mais d'être écouté. Elle me donna ses coordonnées professionnelles, m'invita à la contacter si j'avais des demandes particulières et nous souhaita du courage pour le reste de la journée. À notre sortie du bureau, une infirmière saisit les poignées du fauteuil et enjoignit Marco à la suivre. Je me soumis à de nombreux examens avant de retrouver la déprime de la salle d'attente : gaz du sang, spirométrie, électrocardiogramme, électroencéphalogramme. J'échappai à la biopsie. « Messieurs, dames, les médecins sont partis manger. Les entretiens reprendront dès leur retour. En attendant, vous pouvez aller vous dégourdir les jamb… les… euh… vous pouvez… enfin… voilà… à plus tard ! » annonça une aide-soignante, embarrassée. De nouveaux malades cabossés continuaient d'affluer. Il ne manquait plus qu'une femme à barbe et un homme fort et nous pouvions nous lancer sur les routes pour faire la gloire d'un cirque de monstres. Posté à l'écart de tous les autres, un jeune couple d'handicapés se tenait la main. Lui était en fauteuil manuel, elle en fauteuil électrique. Myopathie au carré. Infirmité coefficient deux. Elle caressait son ventre arrondi. Son compagnon la regardait attendri, lui pressant les cuisses.

« Tu t'imagines papa ? me demanda Marco

– Non. Je n'arrive déjà pas à m'occuper de moi alors m'occuper de quelqu'un d'autre…

– Bah pourquoi ? Avec de l'organisation !

– Non, avec de l'inconscience. »

Je plaignais l'enfant à naître de l'égoïsme de ses parents qui, par mimétisme, s'identifiaient aux valides jusqu'à en accaparer le désir de donner la vie alors qu'ils le condamnaient à la nuit. Exiger de voir un prochain dans tout individu nécessitait une imagination que l'idéologie de la mathématique égalitaire et les alibis de nos sociétés du *care*, adorant la « faiblesse » à condition que ce soit celle des autres, évidemment, étaient loin de réaliser. J'étais désolé pour eux, mais, depuis Jésus, l'humanité régressait. J'aurais voulu leur dire que le monde imprévisible des handicapés se défaussait de toute logique mathématique. Que l'opposé de l'opposé ne redonnait pas la valeur de départ. Qu'au sein de leur future famille, un « moins » et un « moins » n'enfanteraient jamais un « plus ». Qu'en prévention des désastres héréditaires, il était inconsidéré de perpétuer l'infortune sur un autre corps que le sien. Estimant la valeur de mon patrimoine génétique à peu de chose car n'ayant rien de génétiquement intéressant à léguer, je rendais service à mon improbable progéniture en ne lui donnant pas naissance. Il ne me restait, en cas d'accident, qu'à exhéréder mon enfant ou à exiger de sa part le paiement de frais de succession abusifs pour qu'il renonce à toute filiation. Cependant, si le traitement prouvait son efficacité, ma pensée se fanerait peut-être…

À notre gauche, un trentenaire aux cheveux ébouriffés était en grande discussion avec sa voisine. Il lui racontait son expérience de la thérapie à grands renforts d'anecdotes, avec une grandiloquence ponctuée d'une ridicule série de gestes circulaires. Débarrassé du fauteuil roulant, il ressentait une vigueur illimitée et menait « une vie absolument insensée » depuis. Sa manière de s'exprimer et de se donner en spectacle m'énervait. Moi aussi, je me sentais mieux, moi aussi, j'avais obtenu des progrès, mais moi, j'étais encore cloué à ce foutu fauteuil. Je jalousais sa situation, je haïssais sa chance. J'étais prêt à le tacler s'il venait à se lever. Pour lui réapprendre l'échec, la chute, la maladie.

« Tu n'es pas trop fatigué? Tu veux que j'aille te chercher quelque chose à boire ou à manger? » Marco était prévenant, un vrai compagnon d'aventures. J'en profitai pour le remercier d'être là. Il me sourit et me dit: « C'est normal, les amis, c'est fait pour ça! » La neurologue sortit la tête de son bureau et donna mon nom à la référente. « Allez-y, c'est à vous! » Nous entrâmes timidement dans l'antre du dragon.

« Alors, qu'est-ce qui vous amène ici?

– Bah, j'ai reçu un mail de convocation pour le suivi du traitement.

– Je sais pourquoi je vous ai convoqué, merci. Mais... »

Elle se tut, fixant ses dossiers en pile dans l'espoir que le mien se mette à scintiller. Marco fronça les sourcils, l'air perplexe.

« Vous avez commencé le protocole le mois dernier, c'est ça?

– Non du tout, en octobre dernier!

– Ah oui! Voilà, je vous ai retrouvé! Placez-le sur la table, je vais l'ausculter », ordonna-t-elle à Marco qui s'exécuta.

Elle m'examina avec des gestes rapides, abrupts, presque brutaux, déplia mes jambes comme un accordéon, tâta mon dos, vérifia l'extension de mes bras. Elle recula, jeta un regard autour d'elle puis m'observa longuement, avec plus d'attention.

« C'est bon, remettez-le dans son fauteuil !

– Tout est normal, docteur ? se hasarda Marco.

– C'est professeure ! Oui, c'est très encourageant !

– Vous le voyez à quoi ? osai-je.

– À votre mobilité et aux résultats des analyses. Vous n'avez pas ressenti d'effets secondaires ? Vomissements ? Fièvre ? Douleurs musculaires atroces ? Paralysie ?

– Non, je…

– Alors vous continuez avec la même posologie. Ne relâchez pas vos efforts !

– Oui, bien sûr ! La liberté à un prix ! dis-je avec emphase.

– Et pourtant, il y a des choses qui ne s'achètent pas : deux bras, deux jambes, un cerveau normalement constitué et un nombre correct de chromosomes. »

Sa phrase avait jeté un froid glacial. Je ne sus pas si elle faisait preuve de cynisme ou d'une lucidité diabolique.

« J'aimerais bien que vous rencontriez Bernard, c'est un commercial en paramédical avec qui nos services travaillent et qui se déplace sur les régions PACA et Corse. Il doit être dans les parages aujourd'hui. Il est très compétent, il a de la ressource et souvent de bonnes idées pour améliorer le quotidien des invalides. Il peut vous renseigner pour changer de matériel. C'est important de le faire.

– Mmhhh je l'ai déjà rencontré. Et j'espérais plutôt ne plus avoir besoin de fauteuil avec le traitement.

– Il faut changer de matériel quand même. Un nouveau lit, de nouvelles béquilles, que sais-je encore !

– Je comprends mais…

– C'est important ! Important pour votre santé. »

Sa sentence hypocrite et lapidaire s'imposa à moi avec une insistance obsédante. Je compris son manège. Nous étions lucratifs.

Les pigeons représentant un potentiel chiffre d'affaires pour Bernard qui accumulait les infirmes comme un butin dans son camp retranché du paramédical. La gâchette facile, la neurologue mitraillait des ordonnances pour tout renouveler et acheter davantage, matelas orthopédique, coussins anti-escarres, fauteuils roulants, et creuser à grandes pelletées le trou de la Sécu dans lequel finiraient de se jeter des troupeaux d'handicapés de Panurge, tondus de leurs quelques économies, bêlant de joie et d'admiration devant tant de bienveillance simulée alors qu'ils fonçaient tête baissée à l'abattoir. Elle mit un terme à l'entretien en évoquant la poursuite du traitement et la nécessité de se revoir rapidement. À l'extérieur, la référente nous tendit une copie de mon dossier et nous partîmes.

Nous nous engouffrâmes dans le hall principal de l'aéroport qui grouillait de monde. Une symphonie de cris excités, un ballet de valises, une chorégraphie désorganisée de chariots débordants, un opéra sauvage de vacanciers sur le départ. L'avion que nous attendions se posa sur le tarmac. Avant de pénétrer dans la salle d'embarquement, une hôtesse de l'air empoigna le micro et, avec un accent corse prononcé, m'invita à me présenter à son guichet. Elle me prévint que l'équipe « mobilité réduite » était en route pour me faire passer les portiques de sécurité et m'installer dans l'avion. Ils déboulèrent aussitôt, mollassons et peu dégourdis, à tel point qu'ils demandèrent d'abord à Marco s'il était la personne à accompagner. Ils restèrent un moment à réfléchir à comment me manipuler et me transférer sur le siège amagnétique, le seul autorisé à franchir les points de contrôle sans déclencher le signal du détecteur de métaux. Refusant l'aide de Marco, invoquant qu'ils étaient formés pour « ce genre de situations », ils me soulevèrent à bout de bras, se ravisèrent, émirent l'hypothèse d'employer la

« technique de la cuillère », abandonnèrent, se répartirent mes bras et mes jambes sans succès, insinuant une mauvaise volonté de ma part, un manque de renseignements précis de mon handicap. Derrière nous, les gens s'agaçaient. Un homme grisonnant, vêtu d'un large imperméable, grommela et invectiva l'agent de sécurité qui lui intima de patienter et de se calmer. Une bande de jeunes, bruyants, balançait quelques moqueries pour attiser la discorde. L'un d'eux haussa le ton : « Il nous casse les couilles lui avec son fauteuil, on perd un temps fou ! Les handicapés ont qu'à se suicider avec leur vie qui sert à rien, plutôt que de pomper nos impôts pour des rampes et d'autres trucs merdiques qu'ils utilisent même pas ! » Ses potes rigolèrent. Moi aussi. Il ne devrait pas insulter l'avenir : il était plus facile de finir sa vie assis que de la recommencer debout. Cela dit, ses propos n'étaient pas dénués d'une certaine vérité : les handicapés seraient peut-être plus heureux morts.

Une espérance

Depuis mon retour de Nice, je marinais dans une espèce d'euphorie légère. Ragaillardi par le traitement, me sentant traversé par une énergie nouvelle que j'apprenais à apprivoiser, je ne souffrais plus de ces douleurs qui me persécutaient depuis longtemps. J'avais l'intime conviction que j'étais sur le point de dépasser mes limites. Pour optimiser mes chances d'atteindre enfin cette essentielle liberté, je prolongeais mes séances de kiné et associais les injections à la prise quotidienne d'un comprimé à base de Klamath, qui contribuait activement à la régénération cellulaire, et à des sessions intensives d'électrothérapie à ondes électromagnétiques. Je ne m'interdisais aucune rêverie, et envisager une verticalisation dans les prochains jours n'était plus une utopie mais l'annonce d'une tempête incontrôlable qui saccagerait l'interminable suite de matins calmes et d'immobiles soirées. Si ma tête pratiquait parfois la pensée buissonnière, mes jambes la rattraperaient bientôt. La myopathie, maîtresse en illusions, guettait tapie dans l'ombre de mes espérances pour tendre son piège sournois de fatalité. Elle s'épouvantait de mes velléités d'indépendance dans lesquelles les promesses et les menaces se faisaient la courte échelle mais où la vie l'emportait sur la souffrance.

| 9 |

Une ville

Nous connûmes le confinement. À mon grand désarroi, celui-ci prit effet au début du printemps, nous laissant aux prises avec l'hiver démoralisant qui s'étendait chaque année comme un linceul sur la ville et qui, coriace, reviendrait l'année suivante. Je ne connaissais que ça finalement, cette alternance entre monotonie et excitation, ville balnéaire l'été, ville mortuaire l'hiver. Cité-dortoir où le désespoir faisait des insomnies. Il était difficile de s'extirper de cette ville. Elle s'agrippait à nos chevilles jusqu'à nous fixer sur place, jusqu'à nous dissuader de toute fuite. Seules les échéances municipales, qui avaient lieu tous les six ans, la tiraient de sa léthargie. Une tension parcourait ses ruelles, ses commerces, ses bâtiments, et les familles se réveillaient, s'invectivaient, se reprochaient des passe-droits, se jalousaient, avant de se rendormir pour six ans. Cloîtrés dans nos domiciles, nous rêvions tous au cataclysme estival et à l'invasion de touristes hystériques et de rastaquouères paumés. Nous espérions tous retrouver notre liberté. Moi le premier.

Cette triste période engendra quelques avantages éphémères: les ménages avaient suffisamment épargné pour profiter des futures soldes d'été et acheter des choses dont ils n'avaient pas besoin, les gens avaient eu le temps de réfléchir à leur utilité au sein de cette société débridée avant de retrouver leurs habitudes et, enfin, ils avaient appris à considérer les autres avant de s'en foutre de nouveau complètement. Non vraiment, ce confinement avait été bénéfique. Me concernant, il avait créé une proximité paradoxale avec l'ensemble de mes concitoyens. Je m'ennuyais, eux aussi, j'étais enfermé, eux aussi, je vivais au rabais, eux aussi. Je me sentais moins seul. Néanmoins, je rageais de ce qui inévitablement arriva. Chacun reprit sa vie comme si de rien n'était, renvoyant dans les tréfonds de leur mémoire cette situation inédite et contraignante, tandis que moi, je refusais de rester en retrait, coupé de tout. Je n'acceptais pas qu'ils se remettent à sortir, à profiter, à voyager. Sans moi. Exister ne me suffisait plus, je voulais vivre. Et j'étais en passe de réussir.

Une soirée

Afin de briser l'ennui du confinement, nous organisions régulièrement des apéritifs en visioconférence. Nous discutions de tout et de rien, un verre de rhum ou une bière à la main. Différentes personnes se joignaient à nous et nos conversations se greffaient les unes aux autres dans un joyeux bordel. L'alcool déliait les langues, adoucissait la timidité, excitait les extravagances érotiques. Un soir, alors que toutes ces gueules béates, dorlotées par l'ivresse, s'affichaient en mosaïque sur mon écran, une nouvelle fenêtre s'ouvrit et l'insolente silhouette de Sophie Lastri apparut dans une lumière tamisée qui accentuait ses traits dessinés au pinceau. Elle capta tous les regards instantanément. Elle salua tout le monde avec entrain. Sauf moi. Je n'entrais pas dans son univers. Invisible à ses yeux, j'incarnais même une présence gênante. Elle s'adressait à l'un, taquinait l'autre, se laissait aller à quelques confidences coquines, mais toujours sans la moindre attention amicale à mon égard.

« Et alors, tu recherches quel type de mec ? se renseigna Marco.

– Pas toi déjà ! lui lança-t-elle gratuitement. Je veux un type sympa, musclé, intéressant. Je suis irrattrapable, je veux du parfait ! »

Entraîné par un enthousiasme alcoolisé, j'intervins laborieusement sur son exigence et osai une blague qui ne trouva pas son public ; je m'aperçus alors, non sans gêne, qu'elle avait levé les yeux au ciel, c'était blessant. Je ne l'avais jamais véritablement côtoyée avant ce soir-là, je m'étais uniquement arrêté au seuil de sa beauté encombrante. La déception n'en fut que plus éclatante. Elle prenait un plaisir manifeste à critiquer de vagues connaissances, piaillait dans une sorte d'enjouement de façade, manquait cruellement d'humour et de repartie. Pimbêche à plein temps, princesse sans royaume, elle sirotait son rosé en remuant ses épaules galbées sur de la musique de fond. Romain enchaînait les bières et prenait à cœur son rôle de maître de cérémonie. Il distribuait la parole à chacun d'entre nous de manière plus ou moins équitable pour tenter de garder une certaine cohérence dans le déroulé de cette soirée virtuelle. Je passai mon tour. François nous bassina avec sa nouvelle passion pour la musculation, et ses palabres sur les protéines et les cures de vitamines étaient d'un ennui sans bornes. Marco, qui engloutissait des paninis faits maison, essaya, la bouche pleine évidemment, de nous persuader de son succès auprès de filles rencontrées sur les réseaux. Ses invraisemblables mensonges compulsifs découlaient d'un mal-être évident et je le soupçonnais de prendre un malin plaisir à nous conter les fantasmes délirants d'une vie sans éclat, nous jugeant trop cons pour flairer la supercherie. Je ne l'avais d'ailleurs jamais vu en couple. Il nous raconta comment la veille, après avoir pris le temps de cocher la case de première nécessité de son attestation de déplacement, il baisa une fille contactée sur

Instagram à même le capot d'une voiture sous le regard choqué d'une vieille à la fenêtre de son immeuble qui hoquetait des sentences réprobatrices face à ces fornications. Le connaissant, ça demeurait aussi improbable que de me voir escalader sans corde une paroi rocheuse.

« Ça pue le mytho tes histoires ! » lui dit Sophie nonchalamment.

Je m'attendais plus ou moins à ce qu'il réplique, mais il n'en fit rien. Il se leva, ouvrit une nouvelle bouteille de vin, se servit et déambula dans son salon, errant comme une âme en peine en buvant de longues gorgées. Un point commun nous unissait : un manque de reconnaissance flagrant. Nous étions, tous les deux, des écorchés du sentiment, des exclus de la flamboyance. Des ombres sur le côté.

Une approche

Lorsque ces soirées par écran interposé s'éternisaient, je traînais sur un site de rencontres. C'est là que mon attention fut aspirée brusquement par une certaine Laura, que sa photo de profil montrait allongée dans l'eau, les yeux fermés, rêvant à je ne sais quoi. Je réfléchissais à une phrase d'accroche qui pourrait l'amuser à cette heure tardive. Finalement, je me décidai à plonger dans le grand bain de la séduction, les mains sur le clavier, prêtes à pianoter.

« Puisque j'ai regardé ton profil et que tu as reçu une notification, je ne peux plus reculer… je suis démasqué.

– Effectivement, faut renoncer à la vie privée de nos jours ! répliqua-t-elle en quelques secondes.

– C'est bien embêtant, j'ai aussi consulté le profil de Ginette, quatre-vingt-six ans.

– Tant que ce n'est pas Gino, dix ans !

– On évitera de raconter cette discussion à nos enfants quand on leur expliquera comment on s'est rencontrés.

– On passe en vidéo ? J'ai la flemme d'écrire. »

Pris au dépourvu, Messenger se mit à sonner. Je coupai aussitôt la session avec les copains. Un écran noir apparut sur mon moniteur pendant une dizaine de secondes, puis elle se révéla enfin dans la plus belle des lumières. Je la trouvais jolie dans son tee-shirt bandeau qui laissait émerger la rondeur de ses épaules menues et la rive halée de sa poitrine. Son regard curieux me sondait.

« Coucou !

– Salut ! Comment vas-tu ? demandai-je

– Bien merci et toi ? C'est la première fois que je fais une vidéo avec un mec de ce site !

– Il faut un début à tout ! Moi aussi, tu es ma première !

– Je suis flattée ! Mais garde un peu tes secrets, je ne veux pas tout savoir de suite.

– Ah tu commences comme ça !

– Ce sont des poignées derrière toi ? Tu es en fauteuil ?

– Euh… oui… c'est… ce sont celles du dossier pour qu'on puisse me pousser. Ça te gêne ?

– Pas du tout ! Pourquoi, ça devrait ?

– Non, non mais ça en dérange plus d'une.

– Pas moi ! Et celles que ça emmerde sont stupides !

– Au moins, c'est clair ! C'est agréable comme discours ! Ça change !

– Tant mieux ! Il faut se montrer positive, je suis de celle qui pense que chaque situation a ses avantages ! Regarde, toi, par exemple, tu es à la bonne hauteur pour reluquer les fesses des filles !

– Donc je pourrai mater les tiennes sans être traité de pervers ?

– Sauf si je te pousse !

– Ouh là ! Je ne suis pas un garçon facile ! On ne me pousse pas comme ça, mademoiselle ! Mademoiselle comment d'ailleurs ? Je veux dire ton prénom, pas ton pseudo ?

– Laura ! Et toi, ton prénom, c'est le même que ton pseudo ?

– Oui !

– C'est original ! J'aime bien !

– Bah comme moi finalement !

– T'es bête ! Tu viens souvent sur ce site ?

– Souvent, c'est beaucoup dire. Et toi ?

– Très peu ! D'ailleurs, j'ai des dizaines de messages en attente qui datent de plusieurs mois. Entre les relous et ceux qui me demandent des photos de pieds, c'est consternant donc je ne m'éternise pas.

– Je comprends ! Donc je suis un privilégié ou un chanceux ?

– Les deux ! D'ailleurs, est-ce que je peux dire qu'en venant me parler, tu as fait le premier pas ?

– Hé ben bravo ! T'es comme ça ? J'ai droit aux blagues douteuses après dix minutes.

– Tu es de mauvaise foi, elle est super !

– Mouais, allez, c'est vrai, je le reconnais ! »

Nous continuâmes de parler sans connaître de temps mort ou d'hésitations timides. Très vite, un climat de confiance et de confidences s'installa entre nous. Je me sentais à l'aise, c'était simple. Je laissais mon charme œuvrer dans la jubilation de cette relation virtuelle, conjurer les sortilèges qui me hantaient, ignorer les désordres de l'amour qui me déséquilibraient. Sans qu'elle puisse se douter de l'immense déception qui m'étouffait de la voir partir, elle me souhaita une douce nuit puis s'approcha de l'objectif pour m'embrasser avant de fermer la session.

Une tentative

Je me repassais en boucle ma soirée avec Laura. Non seulement elle s'était montrée enjouée et tendre, mais elle avait un humour et une désinvolture que j'affectionnais particulièrement. C'était l'incroyable franchise de nos rapports, dès les premiers moments, qui m'avait plu. J'espérais la revoir rapidement. Ivre de joie, porté par la folie douce de l'alcool qui déformait peut-être mes perceptions, je pris la décision insensée de m'administrer le traitement tout seul pour en accélérer les effets. Une seringue, mon bras, le mariage s'imposait avec évidence, même un aveugle se démerderait. Pour atteindre la mallette médicale en hauteur, que je lorgnais avec envie depuis plusieurs jours, j'avais pensé à une technique rudimentaire mais somme toute efficace. Je récupérai les coussins de mon canapé et de mon lit que je jetai au pied de l'étagère pour en faire un matelas puis fis basculer la mallette dessus avec un manche à balai. Mon stratagème fonctionna. J'en tirai une énorme satisfaction. Je l'ouvris précautionneusement, réflexe inutile sachant le vol plané que ladite mallette avait effectué quelques minutes auparavant, j'attrapai un flacon, remplis une seringue en tâchant de respecter ce que je jugeais être une dose normale et me l'injectai dans la cuisse sans réfléchir. Le trou de l'aiguille dans le bouchon en élastomère du flacon était imperceptible. Et la quantité de substance absorbée tout autant. Je demanderai à la femme de ménage de remettre la mallette à sa place, ni vu ni connu. Je me figurais déjà être un autre. J'éprouvais l'urgence absolue d'un changement, d'une renaissance.

En ce mois d'avril, la température était agréable dans l'immense nuit calme si bien que je sortis dans la cour de l'immeuble pour attendre les premiers effets stimulants du médicament et savourer le moment. J'ouvris les repose-pieds, enlevai mes chaussures puis mes chaussettes avec difficulté pour ancrer mes talons dans cette terre que je n'avais plus l'habitude de fouler. Je pris appui sur une jardinière et dans un geste désespéré mobilisant toute mon énergie, je poussais sur mes guibolles en lâchant un râle de souffrance. Comme si on m'écartelait les muscles avec fureur, je vacillai avant qu'une décharge électrique paralysante m'arrache une larme et me coupe le souffle. Les jambes arquées, le dos voûté comme un vieillard, je demeurai immobile quelques instants puis luttai pour trouver un équilibre sur une terre qui me soutenait, sur laquelle je me reposais, mais qui m'attirait vers elle pour mieux me faire mordre la poussière. Je me redressai avec une lenteur pesante. Mon corps craquait de toute part. Symphonie de la douleur. Les étoiles qui mouchetaient le ciel, constellation des Pléiades, lumières ardentes sur la toile bleu nuit du monde, me défiaient. Fasciné par leur incandescence, je brûlai, à mon tour, de la fureur de renaître. Moi, l'infiniment petit, l'infiniment misérable, je m'élevais désormais contre le démiurge de pacotille auquel croyaient des millions de personnes et que la science avait mis à genoux. Dieu dans tout ça? Muet, il me regardait et baissait les yeux.

| 10 |

Un isolement

Je n'étais pas sorti depuis des semaines. À cela plusieurs raisons : la première, par manque d'opportunités, la deuxième, et sans doute la plus restrictive, une pandémie mondiale nous avait imposé une assignation à résidence. Depuis, la vie, en détresse respiratoire, reprenait pas à pas sa marche après de longues semaines d'incertitudes ministérielles, d'atermoiements gouvernementaux, d'inquiétudes salariales, d'angoisses cliniques. Les distanciations sociales n'avaient jamais autant poussé les individus à se serrer dans les bras, à multiplier les embrassades, et les gestes barrières ne freinaient pas l'élan général de se rassembler. La peur irrationnelle de cette crise sanitaire que les bulletins d'infos ne cessaient d'attiser épousait des terreurs plus anciennes et plus profondes : celle de mourir et celle d'être enfermé vivant. Le virus de la réclusion entrait dans les âmes par des portes dérobées. Le confinement avait bouleversé les habitudes de gens jusqu'alors bien accrochés à leur quotidien moribond, à leur confort ordinaire et fainéant. Ils avaient appris à expérimenter les souffrances de l'immobilité. Je les abhorrais ces souffrances, j'en connaissais tous les recoins. L'immobilité rabotait toutes les aspérités de mon existence à jamais privée d'une liberté bravache qui trépassait peu à peu sans perturber la routine de la myopathie.

J'avais toujours été confiné. Doublement confiné même. Confiné dans un corps trop lâche lui-même confiné dans une vie trop lasse.

Une tromperie

Pendant le confinement, l'infirmière avait réorganisé son planning afin que mon traitement ne connaisse aucun retard. Aux injections s'étaient ponctuellement ajoutés le retrait des points de suture et le changement des pansements. Au fil des semaines, elle s'était adoucie et montrée bien plus avenante et sympathique. La parole facile, elle me questionnait sur le traitement et ses conséquences, s'intéressait aux épisodes les plus ténus de mon existence. Nous échangions aussi des ragots sur les gens de cette ville. À celui qui aurait le plus croustillant. Elle me battait à plate couture.

Galvanisé par le médicament et l'espoir qu'il infusait dans mon esprit, j'étais encore trop peu libre de mes mouvements. Toutefois, je gardais le contrôle sur mon corps esquinté. Le processus de la guérison suivait ses étapes. Je déjouais les volontés perverses d'une maladie qui complotait contre moi.

Après plusieurs mois de protocole, j'étais riche d'idées courageuses et de réflexes vaillants. C'était un miracle de se sentir maître de soi. Je voulais accélérer le processus et m'injecter le traitement plus régulièrement. Mais comment dissimuler les doses utilisées à l'infirmière ? Soit je lui confessais mon acte au risque qu'elle fasse remonter l'information à la professeure qui suspendrait immédiatement le protocole, soit je mentais. Je choisis la seconde solution. J'avais longuement réfléchi à un plan, mais toutes mes idées manquaient de vraisemblance. J'optai pour la moins délirante. Je cachai les flacons restants dans une boîte à bijoux placée derrière une rangée de livres de ma bibliothèque, mais en gardai trois dans la mallette médicale pour crédibiliser mon histoire. Puis, d'une voix paniquée, je téléphonai à l'infirmière et débitai mon mensonge pour ne pas lui laisser le temps de cogiter.

« La femme de ménage a renversé la mallette et tout a éclaté, trois flacons me semblent intactes, mais les autres sont foutus. Comment on va faire ? Je vais devoir interrompre le protocole ? Et si on ne peut pas continuer le traitement normalement, il va y avoir des répercussions ? On aura fait ça pour rien ?

– Calme-toi, calme-toi ! On ne va rien arrêter du tout, rassure-toi ! Je vais contacter l'hôpital et ils vont me fournir ce que je réclamerai. Tu m'as dit qu'il en restait trois ?

– Oui !

– Donc ça nous laisse des semaines d'avance, j'aurai largement reçu la nouvelle commande avant d'en manquer. Je passe demain comme prévu et je m'occupe de tout. »

Elle vint dans la soirée le lendemain. Anxieux à l'idée de l'affronter, j'eus l'impression qu'elle était brusquement redevenue la femme froide et distante de notre première rencontre.

« Vous avez réussi à joindre le service de l'hôpital ? me renseignai-je.

– Oui. Tout est réglé ! Je vais recevoir de nouveaux flacons dans la semaine, me répondit-elle sèchement avant de reprendre : Tu ne te formaliseras pas, mais je souhaite vérifier quelque chose.

– Heu... Oui... Allez-y ! »

Elle commença à fouiller méthodiquement ma chambre, ouvrant chaque tiroir de mon armoire, plongeant ses mains dans mes chaussettes, fouinant entre chaque vêtement, soulevant le matelas puis les coussins, scannant chaque recoin de son regard concentré, sondant ma mine inexpressive pour y déceler un indice. Elle chercha plus frénétiquement encore dans le salon, passant en revue chaque meuble. Je ne lâchais pas des yeux les boîtes qui abritaient les doses cachées, frissonnant chaque fois qu'elle s'en approchait.

« Je peux vous aider ?

– Je vérifie simplement !

– Vérifier quoi ? C'est étrange ce qui se passe.

– Tu pourrais me montrer les morceaux cassés des flacons ?

– La poubelle a été jetée. Vous me suspectez de mentir ?

– Pas du tout, j'ai confiance en toi ! Je vérifie par conscience professionnelle. Je suis responsable donc je m'attache à bien faire mon travail. Allez, je vais te faire ton injection. »

Elle me piqua et partit. Je tentai une nouvelle fois de me lever avant d'échouer lamentablement. Pourtant, je m'en étais senti capable mais je faillis tomber, me raccrochant de justesse à la tête de lit. Je recommençai, m'acharnant à me redresser, à maintenir mon équilibre, à aller au bout de mes forces. En vain, la myopathie me voulait assis et reprenait sa marche funèbre.

Une réussite

Le lendemain, miné par mon échec, je décidai de m'injecter une dose supplémentaire afin de ne pas perdre ce que je pensais avoir gagné les mois précédents. Et dans la semaine qui suivit, je consommai plusieurs doses. J'avais pris goût à cette absence de douleurs, à cette relative souplesse, à ces impulsions dynamiques et à cette vitalité qui réveillaient ma carcasse. Je ne lâchai rien, réessayant sans cesse, pour bientôt croiser dans le miroir le reflet de cet homme debout que je n'avais jamais connu. J'avais hâte de me rencontrer.

Vint cet instant où j'amorçai des mouvements exubérants. Mes premiers pas. Mal assurés. Fragiles. Semblables à ceux d'un nourrisson. Puis dans une sorte d'agitation mécanique, mes pieds, rentrés vers l'intérieur, déployés en cadence, s'ancraient dans le sol. Ma dégaine m'élevait au rang de monstre hors concours. Zombie affamé de kilomètres. Le kiné m'appareilla d'un déambulateur pour m'offrir plus de stabilité. Adjuvant que j'abandonnais rapidement, privilégiant l'usage de béquilles. Le déambulateur m'alourdissait d'un nouvel handicap : la vieillesse. Le kiné martelait nos séances de termes précis, insistant sur la « station debout », pour m'indiquer la destination à atteindre, m'entraîner dans un pèlerinage vers l'inconnu, le terminus de la normalité. Tentative après tentative, je découvrais une sensation bizarre : mes muscles soutenaient mon corps. Un basculement de paradigme. Je troquais une horizontalité forcée pour une verticalité brutale. Je toisais le monde du haut de ma stature arquée. Je dominais la communauté assise des ectoplasmes grabataires. Il ne me restait plus qu'à attendre, en marge de la bande des handicapés, d'être accepté par celle, bien plus vivante, des valides qui m'avait toujours considéré avec pitié ou mépris, ignoré avec bêtise, rejeté avec hypocrisie. À mon tour, j'avais hâte de faire preuve d'absence de tact, de jugements arbitraires, de discours infantilisants. J'étais pressé de devenir une personne normale. Ma démarche irrégulière me procurait une profonde déception : marcher comme ça ? Autant rester en fauteuil ! J'étais fait pour une vie bien différente de celle que ma position et les opportunités m'octroyaient. Dans cet entre-deux, à mi-parcours de ce monde sans doute accessible, je ne savais où me placer sur l'échelle de l'existence. Mais je résistais désormais. J'étais aimanté vers un but. Je voulais tout, tout de suite. Tout prendre et tout garder. Possessif et égoïste. Ce traitement n'agissait pas uniquement sur mon corps, il me dopait le moral aussi. Je n'étais pas encore capable de marcher à proprement parler, mais je touchais l'idée du bout des doigts. Je pouvais rêver plus loin.

| 11 |

Un bonheur

Alors que je repensai à cette nuit d'avril où je m'étais levé pour la première fois après plusieurs années de pénitence à considérer la guérison comme une lueur fugitive, me revint en mémoire un souvenir d'enfance où je marchais, de ce vieux bonheur où j'étais normal, où la myopathie n'avait pas encore exaucé ses vœux de destruction massive. Je redécouvrais les vestiges macabres d'une autonomie qui avait déserté mon existence depuis si longtemps. J'étais heureux de me hisser à la hauteur des autres. Je poursuivais mes efforts, m'entraînais sans relâche à la marche, me piquant un jour sur deux et veillant parallèlement à gérer les doses des flacons de ma cachette secrète. Après avoir profité seul, dans l'extase d'un égoïsme brûlant, de ces moments où je tenais debout de plus en plus longuement, je pris soin d'appeler mes amis pour leur montrer l'évolution de mon état. Ils furent abasourdis. Romain était bouleversé. Marco étouffa pudiquement un sanglot et François bafouilla sous l'excitation incontrôlée que lui procurait cette vision surréaliste. Marco m'attrapa avec une telle force dans ses bras que je crus mes os broyés. Il me décolla du sol, m'agita dans tous les sens et nos éclats de rire ne cessèrent qu'au moment où, reprenant notre sérieux, je leur expliquai le pourquoi de cette subite amélioration.

Leur joie exubérante se teinta d'inquiétude, contrastant avec mon euphorie modeste emprisonnée dans la peur de tout perdre. Je pouvais me verticaliser, si tant est que l'on puisse qualifier ma position de « verticale ». Disons que j'épousais l'angle de la tour de Pise, ce qui relevait déjà du miracle.

Un rêve

Après une mauvaise nuit, je me réveillai mouillé de sueur vers six heures du matin à cause d'un engourdissement désagréable dans le bras droit. Parmi les mystères insolubles du cerveau humain, il y avait celui où je me tenais debout dans la totalité de mes rêves. Je marchais. Je bougeais. Danseur-acrobate voltigeant autour de l'amas de cendres encore chaudes de mon corps torturé. Mais chaque jour, je me réveillais et la maladie, infatigablement, cette greluche énamourée, me narguait. J'aurais adoré ne jamais sortir de ces rêves qui abolissaient les frontières entre valides et invalides, soignaient l'agonie provoquée par la maladie, rejetaient la méfiance de la différence et ébranlaient le pouvoir autoritaire des certitudes. Je m'interrogeais sur l'au-delà : une fois mort et au paradis, serais-je toujours invalide ? Délesté du poids de l'existence, le serais-je aussi de celui du fauteuil ? Et si ce n'était pas le cas ? Roulerais-je plus facilement dans les nuages que dans le sable et le gravier ?

Un renouveau

Dans le jour naissant, le soleil promettait de briller d'une lumière radieuse. Je filai sous la douche avant de prendre un copieux petit déjeuner et un Doliprane. En ce début de mois de mai, et pour la deuxième fois de la semaine, je m'administrai le traitement. Malgré un amoindrissement de mes forces certains jours, j'étais obsédé par l'idée de marcher sur quelques mètres. Cette obsession me fit oublier la déception immense que je ressentais : Laura n'avait pas cherché à me recontacter. Mon téléphone sonna et la voix lente, distante de Romain résonna.

« Ça te dit d'aller boire un coup ? On pourrait quand même fêter la réussite de ton médicament, non ? Et celle de Marco ! Il t'a dit qu'il a été pris à l'année à la capitainerie du port ? Il veut mettre sa tournée.

– Une soirée tranquille, on ne se déchire pas la gueule.

– Quelques verres et on rentre.

– Au fait, je t'avais parlé de Laura ou pas ?

– Non, je ne crois pas ou peut-être, je ne sais plus.

– La fille avec qui j'avais discuté sur Internet. On avait vraiment passé un bon moment, et au bout du compte plus de nouvelles. Je suis dégoûté…

– Ah ça me revient. Tu te prends trop la tête, je la sens bien cette histoire. J'ai le flair pour ce genre de trucs. On en parle tout à l'heure. Vingt-deux heures ?

– Très bien !

– Basgi ! »

Je raccrochai et m'allongeai pour lire. Je m'assoupis après m'être enduit les bras et les jambes de camphre pour soulager mes contractures. Mon corps n'était pas habitué à cet abus de normalité.

Je me réveillai pour la deuxième fois de la journée perclus de douleurs. Ressentant une extrême fatigue dont je ne saisis pas la cause, j'eus un mal fou à me décoller du lit. Poids mort bien vivant. Avais-je pris une dose en trop ? Ou trop peu ? J'aviserais dans les prochains jours. Je me débarbouillai avec lenteur avant de me rendre compte que j'avais somnolé toute la journée et que Romain n'allait pas tarder. J'attrapai difficilement une seringue préparée d'avance que je plantai dans ma cuisse couverte d'hématomes. Je lui ouvris et le fis patienter plusieurs minutes. Je décelai des symptômes inhabituels : perte d'appétit, mauvais goût terreux dans la bouche, bras lourds. Après m'être forcé à manger deux tranches de jambon et du pain de mie, il me transféra dans sa voiture où Marco et François étaient déjà installés à l'arrière. Je leur expliquai que je m'étais fixé pour objectif de tenir debout le plus longtemps possible. Tester comment je me sentais. Je m'accrocherais au comptoir si besoin, le fauteuil à proximité. Je m'y rassiérais quand je n'en pourrais plus.

Marco anima le trajet en nous racontant ses sempiternelles relations sentimentales, s'auto-proclamant « le guide du routard du sexe ». Romain me lança un regard en coin en se retenant d'exploser de rire. Notre arrivée sur le parking bordé de lauriers de la haute ville coupa heureusement Marco dans son élan. Romain opéra mon transfert de la voiture au fauteuil. Le bar dans lequel nous allions n'acceptait qu'un nombre limité de clients. Nous prîmes place dans une file d'attente impressionnante.

« Putain ! Fallait s'en douter, pesta François, c'est le seul bar où il y a de l'ambiance, donc tout le monde se ramène. On n'est pas près de boire. »

Au pas de charge, Romain partit en éclaireur et revint une dizaine de minutes plus tard, souriant aux filles qu'il croisait. Il nous expliqua que deux jeunes avaient commencé à s'insulter avant d'en venir aux mains et d'être rapidement séparés. Le videur était débordé. Entre les distanciations, les consignes sanitaires et la foule, le mec était perdu. Notre tour arriva.

« Nous sommes quatre, lança Romain détendu, tu peux nous mettre au comptoir s'il te plaît ?

– Romain, le fauteuil ne passe pas là, avertit François, l'entrée est hyper étroite et avec le monde dedans, tu vas avoir du mal à manœuvrer.

– Ça va être compliqué à l'intérieur, je confirme, asséna le mec, et avec le fauteuil… »

Il ne finit pas sa phrase et feignit de ne plus nous voir. D'un geste de la main, il fit signe au groupe de filles derrière nous. Romain se planta devant lui et insista :

« C'est notre tour et je t'ai posé une question.

– Il y a un problème ? demanda le patron, un mec a la gueule burinée, l'air sévère, qui arrivait à notre hauteur, enfin celle de mes amis.

– On veut juste rentrer boire un verre, mais on a un petit souci d'accessibilité. Tout va s'arranger, précisa Marco.

– Vous ne voyez pas que vous gênez les gens avec votre fauteuil ? Revenez une prochaine fois. Un soir où il y a moins de monde ! » trancha-t-il d'un ton sec.

Nous comprîmes à cette phrase que notre soirée se déroulerait dans un autre bar, et il fallut attendre le premier verre de rhum pour avaler la pilule. Romain était particulièrement remonté.

« La prochaine fois, je vais débarquer en fauteuil moi aussi et s'il me fait une réflexion, je me lève et je lui mets un coup de tête à ce connard. »

Nous nous étions attablés à l'extrémité du comptoir principal où s'affairaient trois filles en tee-shirt noir et leggings léopard. Un escalier menant à l'étage formait une arche sous laquelle je me postai afin de ne pas barrer le passage vers ce qui ressemblait à une piste de danse, ou du moins ce qui en faisait office. La pièce, à l'autre bout du bar, qui servait de fumoir, était prise d'assaut. Un videur se tenait non loin, un Black élancé, sec, tout en vigilance animale, intervenait sans cesse pour empêcher les clients d'allumer leurs clopes dans la file d'attente. Le DJ, esseulé dans sa cabine ouverte, dépassait la cinquantaine. Il s'excitait sur les deux platines qui lui faisaient face, haranguant la foule avec des gestes immenses d'encouragement, ou de désespoir. Aux quatre coins de la grande salle principale, de larges enceintes montées sur des pylônes verticaux en aluminium crachaient de la *deep house* sur laquelle se déhanchaient des danseuses moulées dans des combinaisons en cuir. Romain et François semblaient incommodés par le volume excessif. Marco buvait tranquillement dans son coin. Des bourdonnements qui ondulaient par vagues me parcouraient le corps, et je sentis par instants mon cœur se décrocher de ma poitrine avec violence. Je ne comprenais pas le délire de ces mecs qui mettaient la musique à fond. Comme si c'était gage de bonne musique et pouvait camoufler leur amateurisme.

« Je vais bouger voir un peu qui il y a, me dit Romain.

– Nous aussi, on va faire un tour, poursuivirent Marco et François, ça ne te dérange pas ?

– Allez-y, ne vous privez pas pour moi, je garde la bouteille ! »

À peine s'étaient-ils évaporés dans la foule qu'un groupe de cinq jeunes se posèrent à côté de moi. Des enfants-rois aux comportements de bouffons. L'un d'eux me toisa de ses lourds yeux noirs et me balança un sourire narquois. Je soutins son regard et fis preuve d'une placidité non feinte. Obèse, aussi élégant qu'une hyène, les cheveux bruns bouclés, collés par la sueur sur son front, il arborait une tête de Maure tatouée sur l'avant-bras gauche. Il gardait obstinément les yeux fixés sur ma silhouette bancale. Puis comme si de rien n'était, il se tourna vers ses amis et exigea un magnum de vodka pour rattraper son retard sur les commandes de whisky et de champagne qui s'accumulaient sur le comptoir. Ce gros crétin photographia plusieurs fois les vasques d'alcool dans une sorte de rituel prépubère « de celui qui a la plus grosse », jouant au mafieux faussement intimidant, un cigare non coupé à la bouche, ultime preuve de son ignorance. Il espérait aguicher des filles par cette démonstration insolente de richesse. Dans ce genre de soirée, la virilité se résumait au nombre de cadavres de bouteilles partiellement ingurgitées. À défaut de les avoir sur la conscience, les cadavres, il les avait en photos. La virilité, au fond, ça n'a jamais été qu'une chose : bander fièrement ses muscles pour mieux sucer son pouce. Il me lança encore quelques regards furtifs par-dessus son épaule et pouffait de rire en mettant ses doigts potelés devant la bouche. J'avais l'intime conviction qu'il se moquait de moi ouvertement. J'enchaînais les verres de rhum d'un cul sec énergique et m'aperçus que j'avais pratiquement descendu la bouteille. Les mains tremblantes de rage, je ne le quittais pas des yeux et l'envie de le saigner comme un porc en face de ses potes faisait son chemin. Conscient de ma haine galvanisée par la vue de ce gros lard gesticulant, je me détournai de lui, au prix d'un immense effort, pour chercher mes amis qui avaient disparu depuis un moment. Une femme, les yeux verts embrasés d'audace, qui flirtait avec une quarantaine bien sonnée comme le témoignait la peau froissée de son cou, s'installa à mes côtés et commanda un *Sex on the beach* et une eau minérale.

« Vous êtes seul ? m'interrogea-t-elle.

– Je vous attendais ! » lui répliquai-je sans me départir de mon assurance grandissante depuis que je me tenais debout, accroché au mur comme une ancre profonde.

Elle pianotait sur le comptoir de ses ongles laqués d'un vernis éclatant, rouge cerise provocant. Son allure élancée et sophistiquée me plaisait : foulard Hermès à damier bleu océan et écru et chaussures Louboutin. Elle sirotait son cocktail à la paille avec un détachement remarquable. Son assurance trouva ses limites lorsqu'elle fut incapable, hormis quelques bégaiements, de me fournir une raison crédible à sa présence ici, elle qui tranchait par son chic dans ce bar à l'ambiance populaire. En revanche, me savoir plus jeune d'une douzaine d'années ne la troubla pas plus que ça. On voyait rarement des mâtures aussi décomplexées dans leurs tentatives de séduction. La Corse étant une société où tout s'ébruite – surtout les secrets –, jouer à fond la carte de la féminité était mal perçu et donnait naissance à de nombreuses rumeurs peu élogieuses. J'avais quant à moi toujours démontré plus d'aisance avec les femmes mûres puisque leurs exigences physiques décroissaient souvent avec le temps. L'invalidité les gênait moins parce qu'elles recherchaient en particulier de la tendresse, de l'écoute, du respect et une vivacité d'esprit dans les rapports, bref tout un tas de qualités que ma maladie ne m'empêchait pas d'offrir. De plus, essuyer un échec avec des couguars demeurait bien moins douloureux pour la confiance qu'avec une fille de mon âge, car, avant tout jugement esthétique, elles me reprochaient d'abord « d'être trop jeune », une sanction qui ne me blessait pas. Tout le monde la regardait dans sa chemise ample de lin écru aux motifs d'hirondelle et de pissenlit. J'aurais voulu souffler sur ces fleurs me rappelant ces boules de coton sur lesquelles je m'époumonais petit, et voir si le tissu allait s'envoler pour qu'apparaisse une poitrine que je devinais modeste mais ferme. Elle se plaignait de la chaleur étouffante mais se rapprochait chaque minute un peu plus de moi. Convaincue de son pouvoir de séduction qui, je l'avais orgueilleusement décidé, me laisserait de marbre ce soir, elle se trémoussait avec provocation pour attiser ma convoitise. Lorsqu'elle se colla à moi, elle remarqua le fauteuil et se lança dans un interrogatoire : pourquoi un fauteuil roulant se trouvait-il là ? Était-il à moi ? Étais-je malade ? Victime d'un accident ? Temporaire ou définitif ? Quel métier j'exerçais ? Étais-je un habitué des lieux ? J'esquivais la moitié de ses questions et mentais pour le reste : j'étais spécialiste dans la gestion des portefeuilles d'affaires et de projets. Elle considéra la chose intéressante bien qu'insolite, ne saisissant pas véritablement les enjeux d'une telle appellation. Elle se pencha vers moi pour me couvrir de compliments, m'enlaça et m'invita avec humour à reluquer ses fesses bombées. Je la taquinai, mais très vite ses mimiques m'exaspérèrent. Elle insista lourdement pour que je lui offre du champagne, mais je n'en avais ni le souhait ni les moyens. Je compris que le dialogue tournerait court. Je n'exprimais aucune envie de la draguer et l'image déplaisante qu'elle me renvoyait acheva de me dégoûter. Je repoussai ses avances. Elle recula promptement d'un saut léger. Haussant les épaules, incrédule, elle braqua sur moi sa poitrine obscène et son visage fissuré d'humiliation. Ce n'était plus l'énergie de la séduction qui se manifestait mais l'incandescence d'une femme vexée.

« Tu as cru quoi ? Que je te draguais ? Tu tiens à peine debout et tu t'imagines trop bien pour moi ?

– Ne t'avise jamais de parler de mon physique ! Tu as cinquante piges, tu traînes dans une boîte où tu exploses la moyenne d'âge pour te taper un jeune et te faire rincer, et tu as la prétention de me juger ? Casse-toi ! »

Elle tourna les talons et, dans un geste fulgurant, répliqua par un doigt d'honneur très classe. Elle me fit penser à ces veuves noires corses qui, depuis leur plus jeune âge, avaient tout misé sur un physique avantageux et trouvé chez des paillotiers et des entrepreneurs insulaires une sécurité financière qui les comblait. Entretenues et cajolées, elles échangeaient la promesse d'enfanter contre une vie sans travail. Touché par sa remarque, j'avais répondu avec une arrogance que j'abhorrais. L'espace de quelques heures, j'avais oublié qui j'étais, d'où je venais.

Marco revint tout excité, ne tarissant pas d'éloges sur cette soirée qui semblait l'émerveiller. Toujours bavard quand il cuvait, je subissais ses palabres en esquivant son haleine âcre aux relents de whisky. Au loin, j'aperçus enfin Romain et François en grande discussion avec deux brunes, bafouant toutes les distances de sécurité préconisées jusqu'à l'écœurement dans les journaux télévisés. Ce rabâchage incitait à la perversité : se rouler des pelles sans retenue, lécher les barres de métro avec gourmandise, serrer des mains moites par centaines, éternuer face au vent. Les stroboscopes ainsi que l'usage abusif de la machine à fumée par le DJ ne me permirent pas d'en voir davantage. Je commençais à fatiguer à force de regarder les autres se déchaîner et j'avais largement dépassé le stade critique du dernier verre. De plus, je sentais mes jambes flageoler et mes bras s'engourdir. J'avais hâte de rentrer pour éviter la crise de tétanie de mes membres supérieurs sous les hourras du DJ survolté.

Après avoir raccompagné les deux filles vers la sortie, Romain et François nous rejoignirent et proposèrent de partir. « Aide-moi ! » suppliai-je Romain en agrippant sa main. Le retour me parut interminable. Retrouver le siège moelleux de la voiture sur lequel je m'affalai me procura un plaisir que je ne boudais pas. Marco se tordait à l'arrière en racontant sa soirée d'une voix qui montait dans les aigus. Il avait embrassé une vieille bourrée derrière la cabine du DJ. « Ah moi, tu me tends tes lèvres, j'y vais, je ne réfléchis pas deux fois ! » Irrité par cette soirée, l'esprit imbibé d'alcool, j'explosai lâchement de rage contre Marco qui allait prendre pour tous les autres et me servir égoïstement d'exutoire.

« Arrête de gueuler et surtout arrête de mentir, c'est insupportable ! Personne n'y croit pas à tes histoires. À t'écouter, tu as baisé toutes les filles de la ville, tu les déglingues comme un hardeur, tu as fait ceci, tu as fait cela, alors qu'en soirée, nous on ne voit jamais rien ! À quel moment, t'as croisé cette vieille ? Arrête de nous prendre pour des cons ! Si t'as des choses à prouver et beh… tu… tu les prouves aux autres ou tu vas te payer une psy ! Quoi que non oublie cette idée car tu serais capable de nous dire que tu l'as niquée aussi ! On est censés être tes amis et tu nous mens sans arrêt ! Assume-toi bordel ! Ne te fais pas passer pour un autre !

– Calme-toi, tu vas regretter, soupira François en posant sa main sur mon épaule.

– Stop ! Basta ! tonna Romain, on est tous crevés alors basta ! Fermez vos gueules ! On sort pour s'amuser et on finit par s'engueuler. Si boire ne vous réussit pas, restez chez vous ! Et toi, me dit-il en me pointant du doigt, tu redescends d'un étage ! Il a toujours été là pour toi, donc un peu de respect ! »

Mais moi aussi, j'avais toujours été là pour eux. Devais-je culpabiliser d'accepter leur aide ? Devais-je me taire parce qu'ils m'assistaient à différents moments de ma vie ? Je n'étais peut-être pas le premier nom de leur liste d'appels pour un déménagement, mais j'étais toujours le premier pour écouter leurs peines ou leur proposer un soutien moral. Dorénavant, j'étais là et j'allais prendre de plus en plus de place. À eux, désormais, de l'accepter.

Je ne desserrai plus la mâchoire, satisfait et apaisé d'avoir vidé mon sac. J'aperçus dans le rétroviseur Marco, le regard perdu dans le paysage qui défilait, se triturer la lèvre entre les dents pour étouffer les sanglots qui lui brûlaient la gorge. Mes mots l'avaient assommé, il était enfoncé dans la banquette arrière. Mon téléphone vibra dans la poche de mon jean. C'était un message de Laura. J'allais la revoir.

| 12 |

Une alerte

Depuis la dernière sortie et mon engueulade avec Marco, j'abusais des injections. Je pensais réussir à rester raisonnable, mais l'amélioration significative de ma santé fut si impactante que je ne parvenais plus à diminuer. Je m'empoisonnais. Attentif à mon corps, je remarquais que je n'arrivais plus à enchaîner certains gestes du quotidien avec la même aisance. Que les effets bénéfiques du traitement étaient moins notables. Mes habitudes s'étaient déréglées. Ce que le traitement m'accordait au prix de mille tourments, la maladie le reprenait. L'espoir d'intégrer le monde des valides s'éloignait. Or vivre assis m'était devenu insupportable.

Une pensée

Je me réveillai un matin dans un état d'anéantissement et comatai dans mon lit en proie à l'anxiété, le drap blanc monté jusqu'au menton comme un linceul. Ensuqué par la surdose d'antidouleurs dérivés de l'opium que je m'enfilais comme des bonbons, je fixai le plafond. J'imaginais que l'immobilité me serait salutaire et représenterait une forme de résistance, aussi réduisais-je mes envies de bouger au silence. Je demeurai la journée allongé, ayant acquis au fil d'années de pratique assidue une science profonde de la catalepsie, malgré mon esprit autonome et turbulent. J'étais sûr qu'en ne me levant plus qu'en cas d'extrême nécessité, mes réflexions imiteraient mon corps, se sclérosant avec lui. Pour l'heure, je refusais toute visite et survivais confiné dans le silence de ma chambre où je pensais pour le seul plaisir de penser. Au cours de cette méditation atroce, quelque chose s'était rompu en moi et avait révélé une souffrance insoluble : j'étais à la fois rongé de l'intérieur par l'obsession lancinante de me tenir debout et de ressembler à tout le monde et conscient de la dégénérescence rapide de mon état à cause de cet excès de normalité. J'étais facilement excédé, irritable, nerveux. Si mes amis ne me reconnaissaient plus, moi, je me découvrais à peine. Mais pouvait-on en vouloir à quelqu'un qui accédait à l'impossible et perdait pied ? Pourquoi n'avais-je pas le droit de me laisser aller à des écarts de comportements que l'on tolérait chez bien d'autres ? L'exaltation de marcher sur quelques mètres et de recouvrer une autonomie après tant d'années d'asservissement me faisait oublier que je déambulais, sans un véritable but, enfermé dans un corps d'où j'aurais désiré déménager sans préavis. J'étais devenu un camé, toujours en manque, intoxiqué d'outrance par cette drogue qui m'ouvrait les portes d'un monde insolent d'existence, moi qui venais d'un royaume d'inertie. Me piquer me remplissait d'une allégresse hystérique et obscène, et il m'était impossible d'arrêter, fouetté par un désir fou de vivre.

Oui, j'éprouvais un manque, un vide immense creusé dans les profondeurs de mon âme, la sensation mélancolique de me trouver constamment à côté des choses, je vivais parce que je n'avais rien de mieux à faire. Comme certains artistes, j'étais électrocuté par la réalité et même si je n'attachais aucun prix à mon existence, je menais une vie un peu dingue, faite de sorties tous azimuts, alternance d'attentes et de défoulement déceptif, affrontant dans ma chair la problématique du « rejet » avec l'impression, parfois, de régresser, d'être un esprit à la dérive ! Décidément, étrange période...

Plus je découvrais les fragments de mon identité morcelée, plus m'apparaissait l'immensité de mon ignorance. C'était peut-être un des vices de ma pathologie : le doute dans la quête de la connaissance de soi. La myopathie exigeait une sentence plus radicale, une réponse plus pessimiste, un bouillonnement de révolte. Malgré les profondes souffrances physiques, morales, affectives qui me renseignaient sur la maladie, cette fantasque inconnue, mystérieuse et imprévisible, pour ne pas dire dangereuse, je restais campé sur mes certitudes. Certaines personnes osaient faire de la maladie un état normal, voire supérieur. Évidemment, c'était le point de vue de personnes « saines ». Tissu d'insanités. Sur la myopathie, on ne devait rien savoir. Mieux que ça même : il n'y avait rien à savoir.

Chirurgienne de mon existence, la maladie maniait son scalpel avec doigté pour découper mes muscles sans anesthésie, entailler mon courage, exciser ma volonté et écorcher ma confiance. Je m'effondrais chaque soir et me réinventais chaque matin avec la sagesse démente de celui qui était revenu de tout, mais dévasté à jamais. Acteur raté du film à petit budget de ma vie en prenant mon corps pour décor, prix d'interprétation du malade non imaginaire, César du meilleur espoir masculin de guérison, j'avais envie de changer le script pour réécrire la fin. Et pour cause, ma vie n'avait jamais véritablement commencé. Quand des gens s'interrogeaient sur ce qu'ils allaient faire de la leur, moi je me demandais ce qu'elle allait faire de moi. Je connaissais peu de premières fois, mais j'entendais trop souvent les autres me dire « t'es le premier handicapé que je fréquente ! » Au détour de conversations qui vantaient mon courage face à cette vie conditionnée, eux confiaient sans détour qu'ils envisageraient le suicide si la malchance les clouait sur un fauteuil. Un peu facile comme solution, ça manquait d'audace. J'étais incapable de me gratter le nez sans me prêter à quelques exercices de contorsions qui m'auraient valu bien des applaudissements dans certains cabarets parisiens. Dans ces circonstances mettre fin à mes jours… j'avais la flemme d'y penser. Cependant, il m'arrivait pendant des nuits fauves, au moment où je rebroussais chemin dans ma propre obscurité, d'avoir envie de crever. Maintenant. Demain. Rapidement. D'un claquement de doigts. Zapper les funérailles, passer directement aux souvenirs, à ce moment où on ne regrette plus les morts, où on ne pleure plus les défunts, mais où ils nous arrachent un sourire nostalgique et nous reviennent en mémoire dans un élan de joie.

Le bonheur marquait la césure entre les mots « invalide » et « un valide ». Ils avaient la même prononciation sans avoir le droit aux mêmes égalités. Duperie de l'existence. Fiction aberrante. C'était pour cette raison que je ne croyais plus au bonheur. Une voie sans issue où je me heurtais à ma propre faiblesse, mes propres limites. Comment jouir quand le chemin était jonché d'embûches ?

Un cri

Tout est question de timing.

D'abord, il y a ceux qui arrivent trop tôt, prématurés difformes aux séquelles irréversibles, culpabilisant des parents dévastés qui finiront par se séparer avec fracas après avoir essuyé les médiocres conseils conjugaux d'amis qui n'en sont plus vraiment et qui ne l'ont jamais véritablement été. Et puis, il y a ceux qui partent trop tard, connards individualistes et irrévérencieux, responsables du malheur des autres en se servant de leur gueule comme piédestal pour confirmer avec aplomb que les meilleurs disparaissent toujours les premiers. Il y a ceux qui jouissent trop vite, s'enduisant la queue de gel retardant et s'habillant de capotes anesthésiantes dont l'élasticité retient le sperme et les sentiments et agit comme l'ultime rempart du contact le plus intime ; il y a ceux qui jouissent trop tard, s'égarant dans les souvenirs d'une ex que l'on a laissée partir et que l'on recherche dans toutes les autres, les valises bourrées de regrets, les poches pleines de Xanax, les yeux crevés de tristesse, le cœur lourd de larmes, excédé par la fugacité d'une passion déjà périmée. Il y a ceux qui courent après la fortune, nouveaux riches, monstres carriéristes aux dents longues, le mépris comme idéologie, convaincus que le monde façonné par leur ignorance leur appartient, mais que le temps imparti pour le conquérir défile ; il y a ceux issus de la classe laborieuse, métastasés par la routine, conscients que la pauvreté a une espérance de vie qui dépasse la leur et se mettent donc à rêver de grandeur pour oublier que le temps est assassin. Il y a ceux qui gagnent du temps, condamnés de la dernière heure, bons vivants en phase terminale, persuadés par Malraux que la vie ne vaut rien, mais que rien ne vaut la vie ; il y a ceux qui perdent du temps, embourbés dans des relations amoureuses, amicales, effrayés par le spectre de l'abandon, pataugeant dans la monotonie avec un plaisir coupable, meublant leur solitude avec des ragots et reprochant, paradoxalement, à la terre entière leur immobilisme. Il y a ceux qui remuent, multiplient les allées et venues entre les extases égoïstes et les flâneries solitaires, ceux qui cavalent aux quatre coins d'un monde trop petit pour leur envie d'ailleurs, et enfin les promeneurs magnifiques, embarqués dans le mouvement nécessaire des choses.

Et puis il y avait moi, arrivé premier d'une course où j'aurais mieux fait de manquer le départ. Victoire sans mérite pour une vie de défaites. En photo, on appelle ça « l'instant décisif ». Ce moment qui ne revient jamais et où tout se joue. Condamné par le temps, j'avais peu de choix : soit je donnais la première droite, déluge de coups pour la victoire au knock-out, boxeur émérite prêt à renvoyer la maladie dans les cordes, soit j'encaissais le premier à cause d'une esquive mal ajustée, victime chancelante punchée par la myopathie, et abdiquais au second round terrassé par la douleur de vivre. L'existence n'était rien sans le mouvement ; j'étais donc un moins que rien.

Il y avait moi, corps inanimé aux pensées nomades, vie circonscrite à l'aventure intérieure. Je n'étais pas une ligne mais un point fixe au crayon à papier que la gomme de la maladie effaçait progressivement.

Sur la partition de l'existence, la maladie inscrivait quelques fausses notes, à moi de me démerder avec. J'avais envie de crier aux paresseux, aux pleurnicheurs, à mon corps qui s'en réclamait : « Vivez. Pour vous et pour les autres. Faites-moi regretter d'avoir raté la vie, continuez d'avancer sans relâche et transformez chaque embûche en tremplin. Et si la vie ou le handicap vous mettent une baffe, ne vous écrasez pas, autorisez-vous à leur en rendre une au centuple. » Alors défoncé par l'opium, j'écartai les murs en fermant les paupières et me rendormis pendant que le monde continuait sa course folle. Sans moi.

| 13 |

Un baiser

« Et donc, c'est comme ça que j'ai commencé mon stage chez Judaïques FM ! » lança Laura en faisant tournoyer la paille pour remuer la pulpe d'orange qui s'accumulait au fond de son verre.

Elle baignait dans la lumière décroissante du soleil qui léchait les toiles en plastique souple délimitant la terrasse couverte. Après son SMS la semaine précédente, je l'avais invitée à boire un verre dans un salon de thé cosy.

« J'étais un peu la miss météo du kibboutz, que dis-je, j'étais une star !

– Tu faisais la météo ? Bizarre, d'habitude les stagiaires servent d'esclaves.

– Bon, j'ai peut-être enjolivé l'affaire… Dans la réalité, toutes les corvées, c'était pour la gentille Laura qui n'osait pas dire non ! Les photocopies pour l'un, les fiches pour l'autre et la navette entre les bureaux pour tous. J'organisais et rédigeais les bulletins météo pour l'animateur. En France, bien sûr, mais aussi en Israël, et, accroche-toi, pour nos compères juifs du Canada, la météo du pays des caribous !

– Wow ! T'en as vu du pays. C'était amusant, non ?

– Amusant… amusant…, hésita-t-elle, je ne sais pas vraiment. Sur le moment, je me contentais de faire ce qu'on me demandait. J'ai l'impression de ne pas avoir eu le recul nécessaire pour profiter de l'expérience. Des fois, on m'a proposé de dire quelques mots à l'antenne ou de jouer le rôle de la stagiaire qui court partout dans Paris pour réaliser quelques interviews, mais j'étais incapable de passer derrière le micro ou devant la caméra. Bien trop timide. Mais bon, je ne regrette pas, et puis ça m'a permis de faire des rencontres, de participer à des projets qui sortent de l'ordinaire et de travailler sur ma timidité malgré tout.

– C'est bateau ce que je vais te dire mais toute expérience est bonne à prendre ! C'est marrant que tu me racontes tout ça parce que, vois-tu, les communautés corse et juive partagent de nombreuses valeurs. La méridionalité, l'attachement à la terre, à la famille, à la tradition, la place de la mère, etc.

– Oui, c'est vrai. Tu sais, ils étaient au courant que j'étais corse donc j'étais bien vue. Surtout parce que la Corse est appelée l'île des Justes et reste aujourd'hui encore le seul département français d'où aucun juif n'a été déporté. J'étais appréciée, et je pense avoir apporté mon petit caillou à l'édifice, du moins le temps où je bossais là-bas.

– Tu veux reboire quelque chose ? proposai-je.

– Non, non, c'est bon, je te remercie. Mais j'aimerais que tu me parles de toi !

– Que veux-tu savoir ?

– Ce que tu veux. D'abord j'ai une question, juste une. Je ne sais pas comment demander ça et si au fond il y a une bonne façon de le faire, mais ton fauteuil roulant, c'est dû à quoi ?

– Une maladie génétique, avouai-je spontanément. Le genre de cadeaux de la vie qu'on ne peut pas refuser. Comme ces vieilles tantes qui t'offrent un livre à Noël alors que tu attendais la dernière console. En plus, tu dois les remercier avec hypocrisie. C'est un peu ce que j'ai dit à la vie : il ne fallait pas ! »

Elle me regarda d'un air amusé puis rigola franchement avant de reprendre son sérieux et d'enchaîner : « J'aime bien ta comparaison ! Et ça se manifeste comment ? À part le fauteuil, bien sûr.

– Ah ! On me demande rarement ça tiens, comme si c'était contagieux d'en parler.

– Bah, moi je te demande.

– Tu veux la version édulcorée ou la vraie ?

– La vraie, la vraie ! insista-t-elle.

– C'est une maladie qui s'attaque à tous les muscles. Avec le temps, ils perdent leur force et s'atrophient. Ça veut dire fatigue chronique, baisse d'autonomie, aggravation physique, etc. Ça touche tous les organes.

– C'est ton cas ?

– Je ne fais pas les choses à moitié, j'ai opté pour le package de luxe, tout inclus. »

Elle m'adressa un sourire timide puis secoua la tête en riant. Elle était visiblement réceptive à mon humour.

« C'est quoi le nom de ta maladie ?

– J'ai une myopathie, comme ceux qu'on voit au Téléthon. Une myopathie FSH, précisai-je.

– Force, Sagesse et Humilité ?

– Pas mal ! Plutôt Foutu et Sans Horizon.

– N'importe quoi ! Et... il existe un traitement ?

– Non pas encore, ils cherchent ! Ils ne trouvent pas grand-chose, mais ils cherchent ! Peut-être pas une guérison comme on l'entend au sens générique, mais plutôt quelque chose pour prolonger la vie et soulager le quotidien. Bon, on ne va pas se lamenter à un premier rendez-vous, quand même. Tu es sûre que tu ne veux pas reboire quelque chose ?

– C'est courageux ce que tu fais, ce que tu es. Et oui je suis sûre, je ne veux rien d'autre, merci !

– Tu voulais qu'on se voit avant ton départ à Paris. Tu vas y faire quoi ? questionnai-je pour ne pas subir le couplet du courage de sa part.

J'attendais sa réponse avec fébrilité. Elle me charmait déjà et je n'envisageais pas de faire une croix sur ce que je désirais être une idylle naissante.

– Je récupère des affaires et je rentre.

– Définitivement ?

– Je suis partie parce qu'il n'y avait pas la filière qui me plaisait ici. Un départ forcé. J'espérais revenir plus tôt, mais ce n'était pas possible. Maintenant j'ai quelques raisons de rentrer au bercail. Le rythme parisien m'a usée, je veux retrouver un cadre plus calme. J'ai envie de monter mes projets ici. Et puis je me dis que tu es peut-être une autre motivation…

Sa réponse m'enchantait, et si la myopathie ne m'avait pas rongé les muscles faciaux me conférant une gueule blasée à la Droopy, j'aurais souri à m'en déchirer les joues afin de lui rendre un peu de cette joie qu'elle avait éveillé en moi. Sans me laisser le temps de rebondir sur son aveu, elle continua : « Il me reste encore deux semaines à tirer, et me voilà !

– On essaiera de se voir quand tu reviens.

– Pas essayer ! On va se voir quand je reviens ! D'ailleurs, je vais devoir t'abandonner, je dois récupérer mes bagages à la maison et me faire déposer à l'aéroport sinon, avec ces nouvelles procédures d'embarquement préventives à cause du virus, je ne suis pas sûre d'être dans l'avion. »

Elle se leva d'un bond, agrippa son sac à main mais manqua de rapidité pour se saisir de l'addition que je serrais déjà entre mes doigts tremblants. Elle se tenait devant moi et, sans timidité, m'embrassa tendrement avant de filer. Je fus surpris de son audace. Ses lèvres épousèrent les miennes. Ce baiser fugace, spontané, me donna aussitôt envie de recommencer, mais je me retins de lui dévorer la bouche. Une note de cerise et un goût d'allégresse se déposèrent sur mon ourlet de chair étourdi. J'aurais souhaité la rattraper sans avoir à renverser toutes les chaises, sans devoir manœuvrer entre les tables, sans bousculer des mecs affalés sur le comptoir, mais je dus encore me résoudre à abandonner cette idée. Entre pouvoir et vouloir, il y avait une dystrophie orthographique, et seule la malchance génétique m'éloignait du premier verbe quand le second me tourmentait.

Une attente

Dehors, en cette fin d'après-midi, je regardais les badauds. Certains ajustaient leur masque, d'autres le retiraient pour saluer des copains, le remettaient aux passages de vieilles qui les toisaient comme si ce qu'il leur restait à vivre dépendait de ce nouvel accessoire incontournable. Quelques clients puisaient un réconfort chaleureux dans le fond de leur tasse de thé et s'essuyaient d'un revers de manche les lèvres avant d'interpeller la serveuse. Les cris des gamins chevauchant les animaux de bois du carrousel sur la place centrale se mêlaient aux pleurs des autres auxquels on refusait une crêpe au sucre. En cette fin mai, en raison du contexte sanitaire incertain, une ambiance maussade persistait. Nous espérions tous la voir s'améliorer avec l'arrivée des premières chaleurs de l'été et, étonnamment, des premiers touristes. À ma gauche, cinq adolescents attablés se disputaient les jetons de leur partie de poker. J'avais dû attendre deux heures avant que Romain vienne me chercher pour me ramener chez moi. La dépendance physique impliquait une solide dose de patience. Je ne risquais pas de bouger. Ce qui, par moments, représentait l'un des rares atouts des invalides : on ne pouvait pas nous perdre. Ou alors seulement de manière intentionnelle, jetés dans un sac poubelle à la naissance ou lâchés à contresens sur l'autoroute. Nous restions docilement aux endroits où on nous avait posés. Nul besoin de rameuter le voisinage pour organiser une battue, de signaler aux autorités une disparition inquiétante, de placarder des affiches dans le quartier. Premières victimes de l'inertie, nous ne pouvions même pas fuir ou changer de vie, nous étions forcés par la maladie de rester dans le périmètre qu'elle avait délimité. Même une laisse offrait plus de liberté à un chien. Attendre constituait donc ce que j'avais su faire de mieux. Attendre d'aller bien, attendre d'être accepté, attendre d'être aimé. Alors attendre en regardant passer les gens ne constituait pas une épreuve douloureuse. J'en tirais même une satisfaction gourmande. J'assistais à la marche inexorable du monde autour de mon existence assise. Petite gloire narcissique. Telle une sangsue, j'absorbais le dynamisme des autres pour profiter des plaisirs qui m'étaient refusés. Si j'avais besoin de quelqu'un pour vivre, je n'avais besoin de personne pour savourer ces moments. Des flâneurs, un pastis, une musique de fond. La simplicité, c'était en un sens la monnaie du bonheur.

Romain ne fit pas de vieux os, il était pressé et refusait de me dire pourquoi. C'était la première fois qu'il me cachait quelque chose. Ce fut François qui vendit la mèche quelques jours plus tard. Il avait surpris Romain se promenant main dans la main avec une très jolie brune. Nous en déduisîmes que Romain voulait que leur relation soit officielle, et donc sérieuse, avant de nous en parler.

Je retrouvai mon appartement. Le vide. Ma voix sans écho. La redescente fut brutale. Insupportable. Après une embellie inespérée, j'étais à bout de solitude. Seul avec soi-même. Seul face aux autres. Seul au milieu des autres. Cela faisait longtemps que je fréquentais la perspective du suicide et j'avais mûrement réfléchi aux moyens d'y arriver. La pendaison ? En fauteuil ? Bien trop fastidieux et je n'avais pas assez d'allonge. Par balle ? Tenir un livre relevait déjà du défi pour mes mains atrophiées et mes biceps ramollis, alors s'emparer avec assurance d'une arme à feu pour la pointer sur ma tempe ou me l'enfourner dans le gosier me décourageait d'avance. La meilleure méthode, selon moi, me fut enseignée au cours d'un de mes séjours à la Timone par un Tahitien paraplégique qui, devenu totalement insensible, ne ressentait plus ni chaleur ni douleur. Il préconisait de se mordre la langue jusqu'au sang. Davantage chaque heure pour s'en sectionner un morceau, l'avaler et s'étouffer avec. Une technique qui n'exigeait aucune aide extérieure, qui présentait l'avantage de ne pas salir les draps et d'offrir un visage certes rougi mais apaisé au croque-mort appelé pour la levée du corps. Il n'y avait que dans le dessein de mettre fin à mes jours que je n'éprouvais le besoin de personne. J'étais fatigué et ressasser le baiser de Laura ne faisait que raviver mes doutes. Après avoir attrapé un paquet de chips, je m'étendis sur le canapé à l'issue d'un transfert laborieux. Je sus aussitôt que je n'arriverais pas à faire le trajet inverse et que je passerais la nuit dans le canapé en attendant de tomber d'épuisement devant la télé. Je n'avais ni la force ni la concentration nécessaires pour me piquer. Je zappai et m'arrêtai sur un talk-show où un artiste de variété se gargarisait de son album de « la maturité ». L'animateur, un surexcité, avait invité une jeune femme handicapée à donner son avis sur le fameux album. Un bandeau en bas de l'écran la présentait comme une infirme motrice cérébrale. Installée aux côtés de chroniqueurs bien portants, elle avait des gestes saccadés, le torse soulevé de spasmes convulsifs. Cette situation tempérait l'ardeur coutumière de l'animateur, et un malaise diffus empoisonnait l'ambiance festive à mesure qu'elle tentait tant bien que mal de s'exprimer, chaque syllabe crachée la rapprochant de l'otarie. Les regards étaient braqués sur elle : scrutateurs, fuyants, gênés. Les messes basses autour du plateau la déstabilisèrent, elle souhaita en finir, s'emballa et devint de plus en plus inaudible. La bouche tordue, elle expulsait les mots comme des boules de glaire dans la gorge. Naufrage télévisuel. Catastrophe cathodique. Qui, égoïstement, me rassurait sur mes capacités d'élocution. Les chaînes de télévision, dociles, répondaient aux pressions ministérielles en ouvrant les programmes à la diversité et plus particulièrement aux « personnes en situation de handicap ». Certainement pas par bonne conscience, mais pour grappiller quelques parts de marché : les handicapés aussi regardaient la télévision. C'était d'ailleurs l'une de leurs seules activités. Alors il fallait bien placer ici ou là des comparses, leur donner de quoi ne pas zapper, leur faire croire qu'ils avaient droit de cité comme tout le monde. Pour ma part, je n'avais pas envie de voir ce triste spectacle. Le mien me suffisait. Et dire que je payais la redevance pour ça…

Je reçus un texto. C'était Laura. « J'ai hâte de te revoir ». Je n'étais plus seul.

Une visite

Après un appel du secrétariat de l'hôpital m'informant que la professeure se déplaçait à Bastia deux jours pour suivre l'évolution du traitement, je dus m'organiser avec Serge pour m'y rendre. J'y allais à reculons. Dans la salle d'attente, au milieu de tous les mêmes malades empaquetés dans des couches et des blouses unisexes, qui se morfondaient dans l'ombre, ressassant la nullité de l'existence, les infirmières, figées, étaient à l'affût du moindre geste de ces corps fermentés, croupis comme des eaux stagnantes. Des myopathes, galbés comme des roseaux, se tordaient selon les ondulations de leur scoliose mais ne rompaient pas. Ils s'apparentaient aux bonhommes gonflables, posés à l'entrée des garages automobiles, qui s'agitaient de manière désarticulée sous les assauts du vent. D'autres invalides, obèses, radins de mouvements, généreux de caprices, pesaient de tout leur poids sur le moral et les lombaires de leurs aidants et du personnel soignant. On m'appela. Antipathique de constitution, la neurologue le fut davantage encore cette fois-ci, excédée par le retard accumulé à l'aéroport. Serge m'installa sur la table d'examen. Avec des gestes brusques et mille précautions d'indifférence, elle manipula mes bras, mes jambes, dans de grands mouvements d'étirement, me plia comme un origami, concassa mon corps enlaidi de souffrances. Elle notait une raideur prononcée, une spasticité des membres inférieurs. « À corriger sans délais avec le kiné. » La rigidité de mon corps en péril s'expliquait par ma prise de risques avec le traitement. Une fois qu'elle en eut terminé de jouer à la marionnette, Serge me transféra sur le fauteuil avec aisance. Elle m'ordonna ensuite sur un ton las de me lever ou, au moins, de me redresser. Je m'exécutai en masquant une grimace de douleur épouvantable. La position « debout » était validée. Il ne fallait rien relâcher et continuer. Mon protocole fonctionnait. « J'ai lu que… », « Vous ne devriez pas lire des choses que vous ne comprenez pas ! Un peu de nerfs "que diable" et vous pourrez espérer de meilleurs résultats dans les prochaines semaines. » Je m'étonnais du plaisir qu'elle éprouvait à me toiser du haut de sa condescendance de sachante. Car, bien trop occupée à se réjouir de sa réussite, elle n'eut pas l'intuition que je me piquais seul et à outrance. Elle attribuait les hématomes qui coloraient mes cuisses à la rudesse de l'infirmière, jugeant ses soins médiocres. Elle n'hésiterait pas à dépêcher une remplaçante plus compétente si j'en exprimais le besoin. Je rejetai cette option, prétextant une peau fragile plutôt qu'un manque de dextérité de mon infirmière. Finalement, elle me prescrivit de l'Arnica et du Daflon pour éviter tout risque de phlébite. Elle m'invita à continuer consciencieusement le protocole et nous convînmes d'un prochain rendez-vous. Même sur les chemins de la guérison, je demeurais sous le joug de la médecine. Les désordres physiques et les sortilèges médicaux hantaient mon esprit. Heureusement, j'avais fait mienne cette philosophie : survivre et supporter.

| 14 |

Une conversation

Depuis le départ de Laura pour Paris, j'avais passé deux semaines accroché à mon téléphone à échanger des centaines de textos avec elle, en plus de nous appeler quotidiennement. Sa voix me faisait fondre, elle possédait ce petit grain suave qui la rendait terriblement séduisante. Chaque fois qu'elle terminait une phrase, j'attendais la suivante, pendu à ses cordes vocales. J'entendais son sourire, discret mais intense, rare donc sincère. Il était l'élégante signature de sa beauté et la protégeait des gueules macabres émergeant de la foule de gens tristes. En dépit de la distance, nous nous étions rapprochés. Face à mon insistance caressante, elle retraçait avec pudeur et imprécision ses souvenirs ombrageux d'enfance, sa solitude lycéenne, son tempérament angoissé, ses maladresses sociales. Elle avait une manière de se raconter qui mêlait une désinvolture naturelle, un humour raffiné et une lucidité rayonnante parfois désarmante de sincérité. Son tempérament révolté contrastait avec une timidité en public étonnante. Elle devait s'acquitter de nombreuses démarches administratives avant de rentrer définitivement. Il fallait compter environ une dizaine de jours supplémentaires, le temps d'organiser son déménagement et de rendre son appartement à un propriétaire revêche. J'aimais la poésie de ses inquiétudes, le tragique de son quotidien, la théâtralité de ses conflits. Totalement envoûté, j'apprenais à m'ouvrir à elle, moi qui durant des années m'étais investi dans des relations sentimentales marquées par les échecs. Sans jamais dévoiler ma pensée profonde, encore encombré de cette peur de la déception, je me sentais de plus en plus à l'aise avec elle.

J'étais en guerre contre moi-même. Une guerre pour réduire ma consommation de piqûres et m'astreindre à une gestion rigoureuse des doses subtilisées. Néanmoins, je n'avais pu me retenir de continuer mes injections personnelles pendant son absence. Pour me stimuler. Mais j'arrivais de moins en moins à me remettre des contrecoups de mes écarts. J'éprouvais une fatigue que le sommeil n'absorbait pas et masquais difficilement un énervement fébrile. Mes jambes se raidissaient graduellement. Le kiné s'alarmait de cette dégradation physique rapide, mais j'invoquais des contrariétés, des transferts ratés et l'abus d'alcool pour justifier mon état et, surtout, le dissuader de s'entretenir avec la neurologue. Avec le nombre de séances hebdomadaires facturées, je participais activement au paiement du crédit sur vingt ans de sa maison. J'étais un client fidèle, peut-être même le plus fidèle. Ce n'était pas dans son intérêt que je lui échappe. À ce titre, j'espérais qu'il dépose des fleurs sur ma tombe à la Toussaint. Pour services rendus.

Je tus la réalité de ma situation à Romain. Je me forçai à l'accompagner lorsqu'il le souhaitait et à répondre aux invitations de François qui viraient presque à l'obsession. Plus aucune position ne me soulageait, que ce soit assis dans le fauteuil roulant ou allongé dans le lit. Malgré cela, je passais l'essentiel de mes journées couché sans pouvoir trouver de sommeil réparateur tant mes douleurs se faufilaient par effraction dans mes nuits.

Quelques jours avant son retour, Laura me téléphona en pleine nuit. À moitié assoupi, les paupières collées, je ratai son coup de fil. Je la rappelai une dizaine de minutes plus tard, le temps que j'attrape mon portable posé sur le siège en toile du fauteuil.

« Que se passe-t-il ? marmonnai-je.

– Excuse-moi, je te dérange ?

– Non, non, bien sûr que non.

– Tu dormais ? Je t'ai réveillé ?

– Ça n'a aucune importance, je t'écoute !

– Je ne te retiens pas longtemps. J'avais besoin de t'entendre. Je tourne en rond au fond de mon lit en me gavant de tous les trucs merdiques qui me tombent sous la main, je déprime… pathétique !

– Tu déprimes ?

– Oui, mais je ne sais même pas pourquoi ! Ça m'arrive des fois, ne t'inquiète pas. Mes règles, je suppose. J'ai envie de rentrer aussi, ça devient long. Il y a des hauts et des bas, c'est comme ça. Et toi ? Tu te sens comment ?

– Endormi !

– Je suis désolée ! Je ne voulais pas te… enfin j'ai pas réfléchi à l'heure… tu vois, bredouilla-t-elle.

– Arrête, c'est sans importance. Je préfère que tu m'appelles quand tu es dans cet état.

– Heureusement que tu n'es pas là pour me voir. Je me sens seule, triste, moche et je bouffe à m'en péter le bide. Entendre ta voix me fait du bien.

– C'est normal d'être présents l'un pour l'autre. Être à l'écoute, prendre le temps et surtout se laisser le droit d'avoir des coups de mou. Bon, il faudra tout de même respecter les heures de sommeil à l'avenir et déprimer entre midi et deux ! lançai-je pour la faire rire.

– Promis ! Je te remercie de te montrer si compréhensif. Tu n'as pas de gros bras mais tu as les bons mots, c'est bien plus important. Je me sens libre d'être moi. Je suis heureuse de t'avoir trouvé là, maintenant, comme ça. Bref, allez ça suffit, je raccroche, je t'embrasse fort. »

Une lucidité

J'eus beau lui répéter que je n'en avais pas la force, Romain ne m'écouta pas. J'abdiquai de guerre lasse et me laissai entraîner dehors pour boire un verre. Après des années de pérégrinations nocturnes, nos soirées se ressemblaient, on y croisait les mêmes têtes, attablées aux mêmes bars. Chaque établissement possédait ses clients fidèles, ses thèmes, ses spécialités. Les saisons revenaient, immuables, et rien ne changeait. Les sorties répondaient à un rituel selon le jour de la semaine. Nous nous laissions tous bercer par le sifflement morose d'une ville amorphe en se disant que, finalement, ces situations ennuyeuses qui renvoyaient à chacun sa propre monotonie n'étaient pas si mal. Luxe du confort.

J'avais, contrairement à divers invalides, la chance de compter sur de précieux amis qui m'incluaient souvent dans leurs plans, quels qu'ils soient. Mieux, ils réclamaient ma présence, et traîner avec eux me réjouissait, même lorsque je devais me faire violence. Aussi, même sur mon lit de mort, je les suivrais, d'autant plus que la vie, un jour ou l'autre, me séparerait d'eux. Constat d'inéluctabilité. Ils se marieraient, deviendraient les géniteurs d'une ribambelle de gamins criards et débraillés au nez coulant, que je qualifierais de merveilleux et d'éveillés pour ne pas mettre en défaut leur éducation parentale tâtonnante et permissive. Quant à moi, si le traitement ne remplissait pas ses fonctions, si la perte d'autonomie ne se résorbait pas, je finirais esseulé dans l'espace forclos d'un institut médical standardisé, dans une chambre aussi chaleureuse qu'un funérarium où je deviendrais le gamin criard et débraillé d'infirmiers patients et dévoués. Cette perspective m'horrifiait, mais je m'y étais préparé. En fin de compte, l'invalidité excitait ma lucidité, me poussait à croquer la moindre parcelle de vie accordée, à ne pas m'enterrer avant l'heure, à me projeter dans l'avenir, à savourer les surprises de chaque heure.

Tout n'était pas si noir, finalement.

Une bagarre

Sur le trajet, Marco, que nous avions récupéré avec François, n'avait pas prononcé un mot. Il n'avait pas pris la peine de me saluer et me lançait des regards dédaigneux. Inutile de préciser que je ne l'avais pas revu depuis mon pétage de plombs. Romain voulait retourner à l'endroit où nous nous étions fait refouler l'autre fois. Le père de François, qui connaissait le patron, lui en avait touché un mot. Je me piquai avant de partir. Je ne répondais qu'à deux mots : persistance et répétitivité. En somme, tenir debout - fauteuil en soutien.

Nous arrivâmes sur les coups de minuit. La piste de danse était déjà bondée. L'endroit attirait les trentenaires qui possédaient les moyens de consommer. Cela se répercutait sur l'ambiance plus détendue que les autres bars ou boîtes fréquentés par une clientèle juvénile bien trop accrochée à l'image qu'elle renvoyait d'elle-même. Les boxes nous étaient financièrement inaccessibles et le comptoir était jonché de bouteilles. Y trouver une place fut un exploit. Nous avions réussi à négocier un semblant d'espace à une blonde juchée sur des talons aiguilles qui perforaient la décence. Je tenais difficilement debout et mon corps bringuebalait. J'aurais voulu m'amarrer au comptoir. Même si je ne ressemblais pas à grand-chose debout, j'existais toujours plus qu'assis. J'aperçus à l'autre bout de la salle un ami d'enfance. Je cherchais du regard le grand gabarit de Romain pour le prévenir que je souhaitais bouger, mais ce dernier s'était évaporé. Château de cartes branlant, je redoutais de m'aventurer parmi les excités qui gesticulaient et brandissaient leur verre dans la lumière des stroboscopes. Un vigile, taillé comme une armoire normande, inspectait l'une des sorties de secours. Me voyant hésiter à me lancer, il manifesta par un signe de main son intention d'écarter la foule à mon passage en qualité de Moïse de la fiesta payé au SMIC. Je refusai d'un hochement de tête. C'était humiliant. Puis de quoi il se mêlait lui, je ne me piquais pas à longueur de journées pour qu'il m'aide à traverser comme un môme devant un passage piéton. Il piétinait mes désirs d'autonomie. La voie de la guérison était tortueuse et je devais redoubler d'efforts pour faire oublier ma condition. Même debout, la myopathie laissait une empreinte indélébile, des stigmates irréversibles et s'accrochait, chewing-gum sous la semelle, à mon corps. Piqué dans mon orgueil par son apitoiement, je m'engageai avec détermination. Je voulais qu'il me regarde, qu'il se sente minable, mais il reprit sa ronde. Le bout du long comptoir se rapprochait et représentait un appui que je convoitais. Je dus tapoter une bonne dizaine d'épaules, cogner de nombreuses chevilles avec le bout de ma béquille, balancer autant de grimaces crispées de remerciements pour parvenir à bon port. Arrivé à destination, je commandais une vodka pamplemousse. Je la méritais bien après avoir bravé la marée humaine insouciante. Alors que je portais avec difficulté mon verre à la bouche, je reçus un choc dans le dos qui l'envoya se briser au sol. Un type frêle, une bouteille de Heineken à la main, ivre, titubant, venait de me percuter. Il me souriait en laissant apparaître une dentition incomplète. Le regard vitreux, il m'interpella : « Bah alors t'es handicapé ou quoi ? Tiens mieux ton verre, baltringue ! » Il s'éloigna pour revenir aussitôt à la charge en m'insultant de sa voix traînante et pâteuse, il me donna une tape vigoureuse sur l'épaule. À cause de mon équilibre précaire, chaque secousse ressentie m'était si pénible que la seule agitation de ses bras pouvait me déstabiliser et me faire tomber. Une rage incontrôlée s'empara de moi, je me jetai maladroitement sur lui pour le déséquilibrer et l'allonger de tout son long. Sur lui, je le dominai en bloquant tant bien que mal son bras gauche sous mon genou droit. Je me mis à frapper avec fureur. Mes mains atrophiées se broyèrent sur le béton froid et son visage mou et râpeux. Son bras droit, que je ne maîtrisais pas, atteignit ma mâchoire à deux reprises. Je me sentais ressuscité. L'effet de surprise passée, mon piètre adversaire m'empoigna avec ses phalanges osseuses et me boxa, m'assénant de violents coups au visage. Le sang et la salive alcoolisée se mélangèrent dans ma bouche tuméfiée. Je crachai ce cocktail morbide, écœurant, sur sa chemise blanche. J'aimai ce contact brutal, il m'enivrait, ce soufre dans la poitrine, cette palpitation vitale de colère pure. J'avais une fringale de violence. Je le laissai reprendre le dessus en desserrant mon étreinte. Je souhaitais que ça dure, j'exigeais un affrontement. Chaque coup reçu décuplait une excitation mêlée de fascination et chaque coup donné m'ouvrait un horizon de haine. Je l'exhortai à un combat qui me rappelait que j'étais foutrement vivant. « Frappe-moi ! » Je poussai un rugissement terrible. Et au beau milieu de cette folie, moi, l'insoumis, le détenteur d'une vérité qui bouleversait l'ordre des choses jusqu'alors bien rangé dans des cases de lucidité. J'opposais une résistance qui m'étonnait moi-même. Ma fureur du début s'était muée en colère froide. Je l'amochai d'une grêle de coups de poing et son arcade sourcilière explosa comme un œuf que l'on brise sur le rebord d'une poêle. L'hémoglobine coulait en abondance et s'accumulait sur sa moustache tombante et négligée s'égouttant avec lenteur sur sa barbe drue qui dévorait ses joues. Mes mains meurtries tambourinaient sa gueule déconfite. Mes poignets craquaient, se tordaient sous l'impact. À aucun moment, je n'avais pensé à abandonner. Une bulle de sang gonfla sous sa narine gauche avant d'éclater puis de se reformer au rythme d'une respiration saccadée qui faisait bâiller sa chemise maculée. De sa poitrine haletante s'échappa un cri de douleur qui hystérisa ma cruauté. Des mains m'agrippèrent au niveau du torse, d'autres m'empoignèrent les cuisses, je basculai en arrière et me sentis décoller. Ce fut trop rapide pour moi. Le corps étendu s'éloignait, les lumières m'aveuglaient, ma tête heurta avec violence quelque chose que je ne parvins pas à identifier. Soudain, le froid me saisit à la nuque et je fus lâché par terre, le visage contre le sol. L'œil mi-clos, je distinguai avec difficulté les silhouettes. Je reçus une pluie torrentielle de coups de pompe. Dans les jambes, le bassin, le dos, les côtes. C'était à celui qui arriverait à imprimer sa pointure sur ma face comme d'autres marquaient une bête. « Et qu'on te revoie plus ! Le bordel tu le fais chez toi ! » gueula une voix rauque et essoufflée. Je m'évanouis avant de reprendre connaissance dans la voiture de Romain.

« Putain, ils ne t'ont pas raté, qu'est-ce que t'as branlé ? Regarde dans quel état tu es ! C'est du délire, réveille-toi. En plus, je n'étais même pas là pour t'aider !

– Un mec est venu me péter les couilles, on s'est chauffés, c'est tout. Les videurs nous ont sortis sans chercher à comprendre. Et bêtes comme ils sont, ils ont tapé dans le tas. Rien de plus.

– Tu te bats toi maintenant ? »

Je ne répondis rien. Je me repliai en moi-même. De l'intérieur, le combat avait été animal, du moins c'est comme ça que je l'avais vécu. De l'extérieur, comme le montrait une vidéo circulant sur les réseaux sociaux que Romain faisait défiler sur son téléphone, l'affrontement avait été pathétique. On y voyait deux mecs, l'un abruti par l'alcool et l'autre broyé par la maladie, se balancer des coups dans la gueule à l'aveugle comme les types qui font des moulinets parce qu'ils ne savent pas se battre. Piteux et pitoyable.

Romain m'emmena aux urgences. Je retombai sur la médecin de garde de l'autre fois qui me reconnut de suite.

« Encore vous ! s'exclama-t-elle.

– Encore moi, marmonnai-je.

– Qu'est-ce qu'il vous est arrivé cette fois pour être dans cet état ?

– Vous me manquiez donc j'ai voulu en découdre avec des voyous pour avoir une raison de revenir ici.

– La prochaine fois, inventez quelque chose de moins radical. »

Elle me posa les questions d'usage, me traita avec soin, me désinfecta les plaies du visage, des mains, me tâta de ses doigts froids les cuisses, la poitrine, le dos et me prescrivit des antidouleurs, des anti-ecchymoses et des antalgiques. Puis nous repartîmes sous ses recommandations : « Du repos, du repos et encore du repos ! »

Arrivé chez moi, Romain me transféra directement du siège passager au lit. Ses sermons et ses mises en garde pleuvaient sur moi. Je lui demandai de partir. J'étais en train de redescendre, il fallait que j'accuse le coup.

Du mercurochrome en guise de rouge à lèvres, une poche de glace sur la mâchoire, je gisais sur le dos. Les côtes douloureuses, je respirais avec peine. Je me redressai au prix d'un effort colossal et croisai mon reflet dans le miroir en pied, posé dans l'angle près de la télévision. Gueule cassée, corps émietté, je me débectais. La souffrance serait pire demain. Tout serait pire demain. Le traitement me ranimait, mais j'y perdais à chaque fois un peu plus d'humanité à cause de cet épouvantable état de faiblesse nourri d'impulsions déraisonnées et de terreurs ignorées. À vouloir changer les règles du jeu, à exiger de mettre debout ce qui devait rester immuablement assis, j'avais enfanté un monstre qui se repaissait de la douleur grandissante et rancunière de mon désespoir. Punition ultime, j'avais raté un appel de Laura. Elle avait laissé un message audio. « J'ai rêvé de toi : tu venais me chercher à l'aéroport et tu étais là, debout face à moi. On se serrait fort dans les bras l'un de l'autre. J'ai pleuré. J'ai hâte de te voir. Il le faut absolument. »

| 15 |

Une plage

Dès son retour, Laura n'avait pas chômé : elle avait trouvé un appartement très bien agencé à un prix abordable et un poste de vendeuse pour la saison dans une boutique de produits artisanaux corses. Nous nous étions vus régulièrement sans toutefois nous étouffer afin de laisser toute sa chance à notre relation naissante. « Prendre notre temps » était notre mantra pour ne pas nous mettre trop de pression. Cela m'avait permis de lui montrer par petites touches tous les désavantages de s'engager avec un invalide. Je désamorçais toutes les contraintes par une rigueur millimétrique et une certaine prudence. Ce que je perdais en spontanéité, je le gagnais en prévoyance. J'étais ennuyeux en somme mais c'était prévu.

Une écharpe nuageuse couvrait le bord de mer. Le soleil de juin, pas totalement réveillé en ce milieu d'après-midi, bronzait les corps allongés sur la plage et réchauffait les saisonniers jusqu'alors en état d'hibernation. Pas un oiseau dans le ciel. Une cendre fine troublait le ciel. Sans doute un incendie dans les hauteurs. La bande de sable fin se défigurait sous les coups de pelles et les processions interminables de poutres mitées par l'appât du gain qui façonnaient les restaurants éphémères de plage. Frémissement d'une saison balbutiante annonciatrice du chaos estival. Saison, pas saison, nul ne se prononçait mais chacun redémarrait son activité au mieux dans ce contexte tendu. Chaque année, les transats grignotaient davantage l'espace avec un appétit insatiable pour le profit. Qu'est-ce qu'un peu de nature face à un tiroir-caisse de fin de journée? L'argent ne poussait pas sur les arbres, mais ici, la nature s'achetait à grands coups de millions. Nous nous installâmes sur la seule portion de plage accessible aux handicapés. Comprendre: un tapis en polyester déroulable jeté sur dix mètres. Avant cela, il fallait s'aventurer sur un chemin étroit et tortueux qui interdisait toute rencontre frontale avec une voiture sur le retour sous peine de s'imposer des manœuvres délicates. Toutefois, ce sentier escarpé bordé d'arbousiers bourgeonnants au feuillage foncé et de cistes à fleurs blanches valait le coup de nez. En l'espace de cent mètres, on pouvait passer, selon les saisons, de senteurs lourdes et parfumées d'herbes à celles, plus suaves, des nombreuses plantes qui recouvraient les adrets.

Laura avait suggéré que l'on prenne un goûter sur la plage. J'avais refusé plusieurs fois, non pas par paresse ni par manque d'envie mais par pudeur. Je me privais pour ne pas infliger mon invalidité aux autres, ne pas leur imposer des transferts, les ralentir dans l'organisation de projets en tout genre. Si Romain n'était pas de la partie, je déclinais tout en éprouvant la frustration de l'auto-exclusion. Les refus successifs lassaient, et je notais, avec le temps, que les appels avaient diminué avant de s'estomper irrémédiablement. En plus de s'empiffrer de mes muscles, la myopathie me contraignait à l'isolement. Face à l'insistance de Laura, j'acceptai. Je m'accrochai à son cou comme un koala à son arbre et elle s'acquitta de mon transfert du siège passager au fauteuil. Je fermai les yeux, car je ne souhaitais pas voir son visage se tordre sous l'effort provoqué. Ce n'était pas l'image du couple que j'imaginais. Je frémissais de dégoût et de honte. Si j'avais pu, je me serais jeté sous la première voiture qui se présentait... pour finir, avec la chance qui me caractérisait, tétraplégique.

Nous avions acheté des éclairs à la clémentine saupoudrés de zestes de citron et des religieuses à la vanille et aux noix de pécan. Les roues de mon fauteuil plantées dans le sable, rendu à mon inutilité, j'admirais Laura. Le sourire accroché aux lèvres, elle déambulait, sautillait entre les ruines de châteaux d'enfants. Je voyais ses seins tressauter à chacun de ses mouvements. Elle s'avança jusqu'au bord de l'eau pour y tremper les pieds, mais sa fraîcheur en ce début d'été la fit frissonner. Elle y entra progressivement puis, l'eau aux genoux, elle me lança : « Alors, tu te ramènes ?

– Attends ! Je me gare et je cours te rejoindre ! »

Nous étions ensemble, mais j'étais loin d'elle. J'aurais voulu la tirer vers moi, marcher avec elle, m'amuser avec elle, la renverser sur le sable, mais je n'avais que mon regard pour l'accompagner. Elle vint m'embrasser. Ses lèvres avaient le goût de la clémentine et une saveur légèrement saline. Avec la pointe d'une branche, elle traça dans le sable des figures, des zigzags, des visages, des mots que je devais deviner. Je lui reprochais ses talents douteux de dessinatrice, elle m'accusait d'être trop exigeant. Je me délectais de ces instants en apesanteur rompant avec cette autre part de ma vie à laquelle j'essayais d'échapper.

Pendant qu'elle s'empiffrait de gâteaux, elle me racontait les sales coups des cancres de sa promo à Paris, même si j'avais bien compris que cette période représentait pour elle un fardeau d'amertume et un paquet de névroses. De mon côté, je lui confiai mon coup « spécial », un summum de la puérilité dont j'avais abusé au cours de ma scolarité. Caché dans l'angle du couloir, j'attendais que mes camarades rentrent en classe sous les ordres du professeur.

Puis, après avoir patienté quelques minutes pour leur laisser le temps de s'installer, je frappai à la porte entrouverte et passai ma tête dans l'encadrement en feignant une mine essoufflée : « Pardonnez mon retard, j'ai couru aussi vite que possible, mais j'ai été coincé dans les escaliers ! » La salle éclatait de rire et l'enseignant, dépité par mon immaturité et ne sachant sur quel pied danser, bottait en touche : « Oui, oui, bien sûr, allez-vous asseoir ! » À quoi je prenais un malin plaisir à répondre : « Mais je le suis déjà, monsieur ! »

Nous parlions également de voyage et Laura établissait la liste des endroits qu'elle souhaitait visiter : Cuba, l'Islande, la Suède, un road-trip dans l'Ouest américain et une virée romantique en Toscane. J'aimais l'Italie, j'avais passé quelques semaines du côté de Sienne avec Romain à la fin de nos études universitaires, aussi je lui promis que nous irions nous enivrer de vins italiens. Nous tenterions de redresser à la force de nos bras la tour de Pise avant de nous engouffrer dans les ruelles étroites et sombres qui débouchaient sur la Piazza delle Vettovaglie. Nous saluerions les vieux en peignoir arrimés à la rampe de leurs balcons qui fermeraient leurs volets en pestant contre le bruit des noctambules. Nous visiterions la cathédrale Santa Maria del Fiore pour expier tous nos péchés commis dans les différentes chambres d'hôtel. Nous passerions également caresser le groin du sanglier de bronze qui voulait, selon le rite populaire, que cela porte chance. Puis nous tenterions une escapade à Monteriggioni, véritable perle médiévale, grimpant par n'importe quels moyens sur les remparts pour y admirer, un *gelato alla stracciatella* à la main, les vignes et les oliviers enflammés par le coucher du soleil, nous offrant les parfums chauds et entêtants de la Méditerranée dans une calme perfection qui nous tirerait hors de nous, hors du temps.

Oui, je m'étais livré à un grand moment de parodie où tous les clichés défilèrent. Si je m'étais montré honnête, elle aurait fui, me laissant ainsi, échoué sur la plage. La vraie version de notre histoire manquait cruellement de charme…

Je lui promis que nous irions nous enivrer de vins italiens avec Serge dont la présence s'avérait indispensable dans ce qui, pour Laura, se rapprocherait plus du voyage-galère que de l'escapade en amoureux. Je n'avais qu'à espérer qu'elle ne soit pas jalouse. Nous tenterions de redresser à la force de nos bras la tour de Pise avant de nous arrêter au seuil des ruelles impraticables, carrelées de pavés descellés, sur lesquels buteraient mon fauteuil et sa patience. Nos incartades affectueuses se feraient sur un chemin balisé, ennuyeux qui serpenterait à distance des monuments à visiter. Je n'avais qu'à espérer que Laura ait une bonne vue et une grande imagination. Bloquée par une foule de touristes excités, la cathédrale Santa Maria del Fiore nous serait inaccessible, nous condamnant à regarder de simples photos de l'édifice. Harassés par les efforts déployés, nous n'aurions même plus envie de commettre des péchés dans les différentes chambres d'hôtel, adoptant une attitude monacale, car, pour réduire les frais, Serge ronflerait dans le lit simple installé au bout du nôtre. Je n'avais qu'à espérer que Laura ait peu de désir et une définition ouverte de l'intimité. Nous tenterions tout de même une escapade à Monteriggioni. Je serais porté en mariée au sommet de la citadelle par un Serge exténué, pour y admirer, un *gelato alla stracciatella* à la main, les vignes et les oliviers enflammés par le coucher du soleil dans le silence de la campagne alentour. L'incapacité de Serge à me redescendre sur son dos me pousserait à envisager une chute libre, me jetant par-dessus les remparts et m'engageant dans un chaos assourdissant qui nous tirerait hors de nous, hors du temps. Je n'avais qu'à espérer que Laura ne se jette pas avec moi pour en finir.

Décemment, cette version n'était pas acceptable. D'autant que, pour la première fois de ma vie, j'étais en train de tomber amoureux. Je pouvais passer des heures à énumérer tout ce qui me plaisait chez Laura : sa sensibilité, sa douceur, sa discrétion. Tant de traits de caractère dont je devenais un peu plus dépendant chaque jour. Mon cœur, cet organe délabré aux rideaux tirés et volets clos depuis de nombreuses années, s'étiolait à cause du chagrin. Laura avait déboulé comme une tornade et prit possession des lieux en faisant valoir son droit d'être aimée. Elle avait changé les tapisseries, les meubles, recomposé la déco et ouvert grand les fenêtres pour y laisser entrer le soleil. Elle mettait de la vie. La maison en ruine était devenue un chez-soi duquel je ne voulais plus qu'elle parte.

Il y avait, cependant, des moments où sa gaieté insouciante laissait place à une lucidité mélancolique. Ces moments intervenaient généralement après une dispute où elle condamnait mon attitude cynique et mon manque de compréhension par des attaques injustes qui s'incrustaient dans ma chair. Je m'étais efforcé de rester le plus honnête possible vis-à-vis d'elle, le plus à l'écoute. Je lui reprochais de se braquer dès que mon avis allait à l'encontre du sien, elle se cloîtrait dans le silence. L'issue de ces engueulades était toujours la même : je lui lançais un « tu boudes ? » qui ne manquait jamais de la faire sourire. Et tout était pardonné.

Une première

J'invitai Laura dans un endroit que j'affectionnais particulièrement. Elle accepta, enthousiaste, me confiant sa folle envie de dîner en amoureux. La terrasse cosy du restaurant offrait une vue époustouflante sur le golfe et nous prîmes quelques secondes pour admirer le coucher de soleil. En réalité, je savourais moyennement, puisque la rambarde de fer forgé, trop haute, qui cernait la terrasse, me masquait la moitié du spectacle. Un serveur nous recommanda une place à l'intérieur, subterfuge à peine dissimulé pour éviter que mon fauteuil gêne le passage des employés entre les tables plus resserrées à l'extérieur. « Attendez monsieur, je vais retirer la chaise pour que vous puissiez vous installer » déclara-t-il avec la fantaisie d'un garde-frontière nord-coréen. « Oui, c'est très aimable, d'autant plus que je suis venu avec la mienne ! » répondis-je. Incapable de réagir à cet humour puéril, il bafouilla en s'éloignant avec la chaise entre ses mains chevrotantes. Laura choisit un filet de dorade assaisonné de sauce vierge accompagné de pommes purée à l'huile d'olive. J'optais pour une côte de veau rôtie et ses frites de patates douces. Je n'arrivais pas à couper ma viande. Je dus m'y reprendre à trois fois, multipliant les gestes mal assurés, coinçant mon coude sur le rebord de la table, retenant mes mains en mordant le poignet de ma chemise, lâchant la fourchette par terre, avant d'abandonner, fatigué, puis de constater que j'avais taché la nappe et la manche de mon gilet. Je lui demandai si elle acceptait de m'aider. Malgré le traitement que l'infirmière m'administrait et les doses que je m'injectais, ma situation s'empirait. Abusant de mes capacités d'adaptation, je donnais le change de façon convaincante. Laura trancha de petits bouts comme on le ferait pour un gamin sans broncher ni esquisser la moindre émotion. Elle piqua un morceau qu'elle me tendit. Je voulais disparaître, me tasser dans mon fauteuil, m'étouffer avec la viande ou crever de faim pour ne plus jamais rien réclamer. Nous finîmes avec des profiteroles et un moelleux au chocolat. Puis nous regagnâmes mon appartement. Nous savions sans avoir besoin de le formuler que nous ferions l'amour. Je fus submergé par l'embarras : lui montrer mon corps désarticulé, ne pas être à la hauteur du sien, ne pas susciter son désir, la décevoir, la repousser sans pouvoir la rattraper, afficher ostensiblement ma disgrâce physique et mes difficultés motrices. La liste était longue. Elle était belle et s'offrait à moi comme le meilleur traitement, ma plus belle piqûre. Couché sur le lit après un transfert hasardeux, je la vis s'avancer vers moi pour me gratifier d'un sourire candide et de caresses timides. Ses mains tremblaient. Retenant ses gestes, elle effleura mes jambes tuméfiées, s'inquiétant de leur état. Je la rassurais, elle se blottit contre moi. Dévoré par la curiosité, j'attendais qu'elle me révèle son corps. Je la découvrais pour la première fois, tout entière. Elle me déshabilla à mon tour, retirant mes vêtements les uns après les autres non sans difficultés. Elle me tirait, me malaxait, me pressait, me retournait, se débattait avec mes jambes, mes bras. Une chance pour elle, je n'en avais que deux de chaque. J'étais mortifié de lui présenter ma carcasse décharnée. De lui montrer la déchéance d'un corps à bout de souffle. Mes mains froides se réchauffaient et reprenaient vie au contact de sa poitrine. Elles parcouraient sans relâche le territoire de son corps assoiffé de caresses. Je gardais les yeux ouverts quand je l'embrassais, je voulais voir le plus longtemps possible les siens avant que le voile de ses paupières se referme et m'efface. Elle accompagnait mes mouvements limités, saccadés et maladroits avec tendresse. Elle devançait mes pensées et mes intentions. Je faisais l'amour à contretemps. À contresens. Apparemment à contre-courant. J'admirais son corps ; elle touchait le mien. Je sentais sa peau ; elle écoutait mon souffle. Dans un même élan d'amour partagé, je serais plus avare que Laura. Par ma faute, nous ne serions jamais véritablement en simultané. Deux parallèles se suivant de près, se collant l'une à l'autre jusqu'à presque se fondre mais qui ne se rencontreraient jamais. Nos corps plongèrent dans une complicité muette. Je voulais croire que c'était la bonne.

| 16 |

Une confession

J'étais une illusion, un mirage inachevé, un nuage chargé de mélancolie. Un être en pointillés. Un homme évaporé. Elle était cet astre qui n'arrêtait pas de flamboyer quand j'allais m'enfoncer dans l'obscurité profonde du monde, dans la nuit noire de la déprime. Sans tomber dans la niaiserie, j'adorais tout en elle. Ses moues capricieuses, ses sourcils froncés sous la colère, sa bouche chagrine, ses inquiétudes inutiles, ses maladresses et ses névroses. Elles me bousculaient, m'interrogeaient et m'animaient d'une fureur de vivre qui me faisait l'aimer chaque jour un peu plus. Tu brillais, Laura, tu rayonnais. Tu illuminais ma vie.

Un secret

Je m'interdisais de lui parler du protocole auquel je me pliais depuis des mois. Tout comme je refusais de me piquer en sa présence. La majorité des types auraient agi différemment. Mieux que ça, 99 % d'entre eux se seraient injecté le sérum, succombant à la tentation de ne plus lui offrir un corps déglingué. Mais pas moi. Je ne ressemblais pas aux autres et on pourrait me reprocher de ne pas avoir tout essayé, tout pris, tout vécu avec elle. En sortant avec un infirme, elle prenait le risque de se retrouver piégée dans une relation de codépendance qui pouvait rapidement basculer dans une complicité malsaine. Je ne cessais de penser que les projets qui inspiraient, l'avenir qui empirait et les possibilités qui expiraient demeuraient un fardeau pour Laura qui, par une tendre affection, cultivait dans un coin de sa tête l'espoir que je m'en sorte. Mais ce désir secret ne trahissait-il pas l'acceptation de la différence ? Elle m'aimait comme j'étais, et je craignais qu'en s'habituant à un « moi » potentiellement valide, hypothèse rendue plausible grâce au traitement, elle goûte à un flot de regrets dévorants, de frustrations amères, d'insatisfactions enragées, d'envies inassouvies et de besoins réprimés, si je redevenais un éternel handicapé. On l'aurait prise pour une femme lâche quand elle aurait été seulement coupable de vouloir vivre sa vie et d'en connaître toutes les saveurs. Elle ne méritait pas un tel amour. Mais c'était tout ce que j'avais en stock. Ma maladie débordait de mon corps, éclaboussait Laura, et dans notre relation, je craignais qu'aimer devienne aider, que les sentiments s'invalident, que l'amour tombe malade. Elle souffrirait d'une situation que je n'étais pas encore en mesure de dépasser et n'aurait d'autres choix que de me délaisser si le protocole s'avérait inefficace sur le long terme. Sa déception serait éternelle, et ça, je ne me le serais jamais pardonné.

Une question

Un soir, alors que nous venions de regarder le film *Avant toi*, qui relatait l'histoire d'un jeune homme de bonne famille devenu tétraplégique à la suite d'un accident et qui, ne supportant plus sa vie d'handicapé, eut recours au suicide assisté, Laura me demanda : « Tu penses quoi de la mort ? » Elle m'avait posé cette question tout de go. Je balançai un nébuleux « rien, je n'y ai jamais réfléchi » qui la fit réagir immédiatement : « Menteur ! On y pense tous. Tu ne peux pas me dire que tu n'y as jamais pensé. »

La vérité, c'est que j'avais grandi avec sa présence dans le décor, je la laissais rôder sans l'interpeller, histoire d'éviter de me faire remarquer. Je ne la craignais pas. Elle ne m'angoissait pas, ne m'obsédait pas. La myopathie était une graine de destruction qui germait et colonisait mon corps. Ses racines noires s'épaississaient, enveloppaient comme des tentacules mes muscles et ses larges fleurs pollinisaient une semence de douleur et d'agonie. Je m'étais toujours interdit le mensonge. Quand on signait une myopathie en CDI, la mort demeurait un astérisque dans le contrat, une clause en minuscule qui pesait de tout son poids sur les indemnités à percevoir. Gagner une année de sursis au profit de la vie impliquait une année de perdue au bénéfice de la maladie. Difficilement acceptable. Je disparaîtrais avant les autres. Je le savais et j'y étais prêt. Mais ça, je ne pouvais pas lui en parler.

Un doute

Elle m'aimait. Elle me le disait avec suffisamment de pudeur et de tendresse pour que j'y croie. Lorsque nous sortions ensemble, profitant d'un moment dans un lieu public où nous partagions un repas ou une bouteille, les gens nous dévisageaient. Elle s'en moquait éperdument. Pas moi. Je les observais patiemment, scrutant à mon tour leurs moindres faits et gestes, me montrant attentif aux micro-expressions qui fissuraient leur visage, me concentrant sur les modulations de leurs voix maniérées, distantes, qui trahissaient leur gêne à mon égard. Le duo anormal que nous formions jurait dans la masse des couples charmants qui se baladaient. Les gens jugeaient Laura courageuse d'être avec moi. À endurer les conséquences d'un tel calvaire. Moi, ils m'estimaient chanceux. Privilégié qu'une femme soit suffisamment inconsciente pour m'aimer. « Tu pourrais te lever pour dire bonjour ! », « Arrête tes bêtises et mets-toi debout, on t'a démasqué », « Il ne conduit pas mais nous emmerde avec les places "handicapé" ! », autant de traits d'humour servis par Laura qui dédramatisait une situation cristallisant bien des malaises. L'amour était-il une expérience à laquelle on pouvait prétendre quand on était invalide ? Manifestement, pour les autres, non. À mon contact, je me demandais si Laura n'avait pas adopté l'attitude d'une résignation, presque d'un deuil, le sentiment d'un devoir pénible à accomplir en se disant finalement : « Je n'ai droit qu'à lui, je ne mérite que lui, je n'attire qu'un mec comme lui. » Je songeais par moments à la quitter pour qu'elle ne gâche pas sa vie avec moi. Elle méritait de vivre passionnément ce que je n'étais pas capable de lui offrir : un avenir.

Une fatigue

Je ne voyais presque plus mes amis. Marco m'en voulait toujours et m'évitait, François, débordé, jonglait entre sa vie professionnelle et familiale, et Romain s'occupait à plein temps de ses locations saisonnières. Il m'envoyait de rares messages pour prendre de mes nouvelles et me promettait de venir me chercher pour aller boire un verre. Je ne m'en plaignais pas, Laura me suffisait. Pour être de bonne compagnie, je me faisais un devoir de répondre à toutes ses sollicitations. Mais à peine était-elle partie que, contaminé par une faiblesse inouïe, je me vautrais dans une paresse absolue. La mécanique de mon corps se grippait, des ressorts lâchaient, une usure au-dedans, une étrangeté dans l'organisme. Des douleurs articulaires effroyables pour me mettre au lit, des difficultés motrices inédites pour en sortir. Rien n'allait. Je continuais mon traitement mais chaque piqûre, au lieu de stabiliser ou d'améliorer mon état, semblait me détruire davantage. Je n'étais plus qu'un myopathe nerveux et exténué, incertain de retrouver la santé en stoppant mes injections. Je mourrais de mon vivant.

| 17 |

Une présentation

Devant l'insistance de François et les remarques sarcastiques de Romain du genre « Elle existe au moins ? Ce n'est pas un effet secondaire de ton traitement ? », je décidai d'organiser un apéritif pour leur présenter Laura. Elle accepta sans grand enthousiasme, craignant d'être desservie par sa timidité. Elle détestait être au centre de l'attention. Même si mes amis pouvaient se montrer lourds, je la rassurai sur leur bienveillance à l'égard de notre couple. Ce fut elle qui suggéra de préparer des amuse-bouches divers et variés, et elle s'y affaira tout l'après-midi, taillant en brunoise les différents légumes, snackant les escalopes de poulet, émulsionnant les sauces, tartinant les pains de condiments, préparant les verrines. Je m'étais proposé pour la découpe des tomates, mais face au spectacle désolant qui en résulta, une éternité pour trancher grossièrement des lamelles que j'écrasais pour moitié à cause de mes mouvements imprécis et que je faisais tomber par terre régulièrement, elle me pria gentiment d'arrêter. « Laisse, je vais le faire chéri ! Ça va aller plus vite. Ne t'embête pas ! » J'étais écarté de cette promiscuité si fédératrice dans un couple. À la frontière du bonheur, à la lisière du partage, aux confins de la tristesse.

Apprêtée afin de faire bonne figure, comme elle me le répéta avec sérieux, elle stressait à l'approche de l'heure du rendez-vous. Elle replaça les verres sur la table basse, vérifia pour la trentième fois ses préparations et vint s'asseoir à mes côtés. « Arrête de te ronger les ongles, tu ne vas plus manger après ! » lui dis-je pour la détendre. « Je sais, mais c'est plus fort que moi », m'avoua-t-elle en haussant les épaules. Romain, François et Caroline, qui avait décidé de venir pour se changer les idées, arrivèrent à 19 heures 30. Dès que la sonnerie de l'entrée retentit, Laura disparut dans la cuisine à toute vitesse et feignit de se mettre aux fourneaux. J'ouvris avec difficultés.

« Salut, salut ! lança Romain de manière enjouée. La forme ?

– Oui et toi ?

– Coucou ! On n'est pas en retard ?

– Salut ! Non pas du tout Caro. Vous êtes à l'heure ! Nous ne sommes pas pressés ! répondis-je.

– Si seulement ! Nous ne pourrons pas rester trop longtemps, mes parents gardent le petit, me précisa d'emblée François.

– Tu n'es même pas arrivé que tu penses déjà à partir ! Allez, installez-vous !

– Marco a refusé de venir. Il fait encore la gueule. Tu devrais peut-être lui téléphoner, me suggéra Romain, pour vous expliquer et arranger les choses.

– Appelle-le, s'il te plaît, insista François.

– Je sais, j'y ai réfléchi, je m'en occupe dans la semaine. Qu'on oublie cette histoire et qu'on reprenne comme avant.

– Ta chérie est là ? me demanda Caroline

– Oui, elle finit un truc dans la cuisine, elle arrive. Asseyez-vous ! Lauraaa, criais-je. Ils sont là. »

Elle sortit brusquement de la cuisine. Ses yeux se posèrent sur moi, elle hésita un instant puis prononça un sobre « Bonsoir » en avançant d'un pas incertain vers Romain, à qui elle tendit la joue pour lui faire la bise.

« Romain, enchanté !

– De même, Laura !

– Alléluia, tu es réelle, et c'est déjà une excellente nouvelle ! Comment vas-tu ?

– Bien et vous ? réagit-elle avec appréhension.

– Vous ? Ah non non non ! On se tutoie, s'il te plaît ! »

Elle rougit, un brin honteuse avec ses bras ballants et son extrême politesse. Les présentations faites, une ambiance chaleureuse s'installa. Laura répondit aux questions de Romain, François et Caroline, qui viraient par moments à l'interrogatoire avec une amabilité discrète, avec ce qu'il fallait de délicatesse pour ne froisser personne, s'autorisant même après deux verres de muscat pétillant à moquer avec humour les réflexions de mes amis.

Laura se sentait un peu à court de répliques face à la volubilité de Caroline qui lui exposait ses idées, ses projets, ses envies. Elle accompagnait ses paroles par des gestes renversants, rallongeait les syllabes sous l'excitation, se laissait porter par les premiers effets de l'alcool. Laura souriait, se tentait à répondre avant de se raviser, se contentant de simples « oui, je vois », « hum, je comprends ». Je profitai de cette diversion pour prévenir les garçons de taire toute allusion au protocole.

« Mon père vient de se mettre à la retraite, donc il nous a proposé de garder le petit plus souvent, poursuivait Caroline. Ça va nous permettre de souffler, nous réorganiser et reprendre un rythme de vie plus tranquille. Là avec François, on s'est inscrits à des activités de plein air, des randos sympas.

– Ah super, j'adore ça, s'enthousiasma-t-elle soudainement. Dans quelle association ? Tu as entendu, chéri ? On pourrait les accompa… »

Sa phrase resta suspendue au-dessus de nos têtes, couperet qui signifiait que je n'étais pas l'homme qui marcherait à ses côtés. Une phrase qui sonnait comme la rupture irréparable de notre relation. Elle avait été rattrapée par sa spontanéité, j'avais été transpercé par sa sincérité. J'avais remarqué son visage se décomposer au fur et à mesure que l'impossibilité prenait corps. En l'occurrence, le mien et ses défaillances, rafistolé à grands coups d'optimisme et de seringues. Romain, qui avait compris que cela ouvrait la porte à bien des remises en question, me regarda et fit une mine désolée. J'étais renversé par l'explosion d'émotion brusque d'une phrase inachevée. Laura comprit douloureusement qu'elle venait de se heurter au compliqué, à l'inaccessible, elle allait bientôt prendre conscience de l'étendue de mon handicap et des conséquences sur ses envies. Nous formions un triangle amoureux dont Laura et moi étions la base et la maladie, le sommet qui nous dominait.

Adoptant l'expression la plus sereine dont je disposais, je répondis avec assurance : « On peut y réfléchir, avec un peu d'organisation, on y arrivera. » Je n'y croyais pas moi-même alors comment la convaincre ? J'étais au désespoir d'être pour elle une déception, de gâcher ses espérances. Je détournai les yeux. Mentir m'épuisait, subir les assauts de la vérité m'épuisait, endurer les agressions verbales et physiques d'une myopathie outrancière qui s'amusait à me matraquer de sentences décourageantes m'épuisait. « Tu n'y arriveras pas », « laisse tomber, oublie ! », « même pas en rêve ». Les choses auraient pu s'arrêter là, sur l'illusion d'un pourquoi pas, mais Caroline n'en avait pas fini de déballer son programme, piquant la jalousie de Laura, qui préféra s'enfermer dans le silence, acquiesçant machinalement. Elle me tendit un verre et quelques tapas que je gobais à même sa paume. Elle était attentionnée, prévenante. Mon regard attendri la fit sourire. Nous continuâmes de siroter nos apéritifs, de trinquer à toutes sortes d'événements, plus ou moins loufoques, avant que François et Caroline décident de partir.

« Houlà, je n'ai pas vu l'heure ! Il va falloir y aller sinon mon père va gueuler et je lui ai promis qu'on ne rentrerait pas tard, se désola François. On décolle, Caro.

– Oui, oui, bah deux minutes, on n'est pas aux pièces !

– J'ai promis à mon père…

– On a le temps de dire au revoir quand même ? ironisa Caroline.

– Je vais y aller aussi, lança Romain.

– Merci pour l'invitation, commença Caroline. Laura, tes tapas étaient délicieux, on essaie de se revoir rapidement. Ce fut un plaisir de te rencontrer !

– Je confirme, renchérit François.

– Merci à vous ! Le plaisir est partagé !

– Ciao les amis, merci pour tout ! » conclut Romain.

Alors qu'ils se dirigeaient vers la porte d'entrée, Romain revint vers moi et me glissa à l'oreille : « Elle est top ! Ça se voit qu'elle t'aime. Je ne sais pas pourquoi d'ailleurs, railla-t-il avant de reprendre son sérieux. Ne la laisse pas filer. Elle me plaît ! »

Puis il sortit et je l'entendis démarrer en trombe.

« Ça se voit qu'elle t'aime. » Moi aussi je l'aimais, c'était la vie que je lui offrais que je n'aimais pas.

Une suspicion

Ayant bu plus que de raison, une envie pressante me brûlait la vessie. Trop d'alcool et d'émotion. Laura s'était endormie. Je tentai de m'extraire du lit sans bruits, mais les frottements de mes mouvements sous les draps et le couinement du lit médicalisé réduisirent mes efforts à néant. Elle ouvrit péniblement un œil et me proposa son aide dans un murmure qui n'espérait aucune réponse. « Je vais y arriver, t'inquiète ! » soufflai-je. Pendant que je me traînais du lit au fauteuil avec lenteur pour ne pas basculer, j'abusais d'acrobaties pour triompher de mon odyssée. Je me devais de lui prouver que j'y arrivais encore. Ne pas lui donner les raisons de nous abandonner. Ne pas renoncer. Je roulai prudemment jusqu'à la salle de bains, à la lumière de mon smartphone pour que Laura se rendorme. En vain. Lancé dans mon épopée urinaire, je n'en finissais plus de rayer le silence.

« Tu es sûr que tu n'as pas besoin d'aide ?

– Non, c'est bon, j'ai terminé ! »

De retour au lit au bout d'une vingtaine de minutes, auxquelles s'ajoutèrent les cinq plus éprouvantes où je transférais ma silhouette empêtrée sous son regard attristé, elle vint se coller à moi pour que je l'enlace. Puis, sondant la chambre de ses yeux mi-clos, elle me foudroya d'une question : « Y a quoi dans la mallette sur l'étagère ? » Devais-je lui avouer le traitement ? Cette vérité cachée, ce bonheur évanescent, ce corps que j'ai cru en guérison ? C'était l'occasion de repartir à zéro avec elle. Entre chien et loup, dans cette nuit myope, où les apparences tenaient lieu d'évidence, je devais saisir cet instant pour consentir à la confession. Elle était prête à accueillir ma révélation. Elle l'avait toujours été contrairement à moi. J'en étais sûr. Je savais bien que Laura n'était pas dupe de mes difficultés accrues ces dernières semaines. Il était temps de me démaquiller du mensonge, elle le méritait. Mais si mon annonce la blessait ? Qu'elle la prenait mal ? Et si elle se sentait trahie ? Peu de risque, elle comprendrait ma décision, j'en étais certain. Elle m'aimait, et l'amour pardonne tout ! Plus je regardais la mallette, cherchant mes mots, plus je me laissais submerger par la méfiance. Elle avait été déplacée, non ? Laura avait-elle profité de mon passage dans la salle de bains pour en examiner le contenu ? Et si elle faisait l'innocente pour que je me livre ? Était-ce un test ? Cette question qui survenait comme ça sans prévenir, au milieu de la nuit, c'était louche. Je virais parano, j'en devenais ridicule. Si je doutais d'elle, tout s'écroulait.

« Tu m'as entendue ? Y a quoi dans la mallette sur l'étagère ? répéta-t-elle en bâillant.

– Rien de spécial, c'est une trousse de premiers secours au cas où.

– Ah d'accord ! Une mallette pour te sauver la vie en gros, gloussa-t-elle. Faudrait peut-être trouver un endroit plus accessible, tu ne crois pas ? »

Nous nous emboîtions l'un contre l'autre pour nous rendormir, mais je gardais les yeux grands ouverts, ressassant mes pensées agitées, persuadé que Laura, songeuse, ne lâchait pas non plus la mallette du regard.

| 18 |

Un recommencement

C'était bien un crépuscule de juillet ; les après-midi caniculaires dénudaient les corps, réveillaient les appétits. Les parfums du maquis et l'odeur iodée de la mer enveloppaient la ville encore sonnée par un hiver déprimant et une avant-saison désastreuse. Les présentoirs chargés de serviettes de plage, de porte-clefs, de souvenirs, s'alignaient sur les trottoirs. Les terrasses extérieures des commerçants s'étendaient sur les rues laissées piétonnes afin d'attirer le flot des touristes avides. Les marchands de glaces vendaient leurs cornets multicolores. Les vitrines affichaient des mannequins en shorts et maillots de bain. La vie redémarrait et, avec elle, les manies et les habitudes qui soutenaient notre quotidien peinaient à retrouver de leur dynamique. Pas totalement comme avant. Le monde d'après avait une sale gueule. Comme moi.

Une dispute

Romain me proposa de boire un verre au *Delizie* pour le lancement de sa saison. Situé en centre-ville, bar à ciel ouvert, l'endroit possédait un charme particulier grâce aux vieilles bâtisses en pierre qui l'encerclaient. Le patron avait eu la brillante idée de retransmettre sur le bastion de la citadelle qui surplombait la place des clips vidéo à l'aide de rétroprojecteurs disséminés sur les murs. Fermé l'hiver, le lieu vendait son ouverture l'été comme un événement incontournable, drainant au passage la majorité des jeunes de cette ville. Bien que l'ambiance s'approchait plus d'une oraison funèbre que d'une folle soirée à cause des mesures sanitaires et des arrêtés municipaux suite aux plaintes répétées de riverains excédés par la musique, le *Delizie*, ou *Déli* pour les plus branchés, s'imposait comme un passage obligé. Les filles y descendaient des quatre coins de l'île. La véritable raison de son succès s'expliquait d'ailleurs ainsi. Peu importait l'atmosphère festive prétendument select, le prix des bouteilles, l'endroit attirait les femmes et donc les hommes prêts à claquer du pognon pour repartir aux bras de celles-ci. Faire l'ouverture signifiait avant tout être vu des autres. On sortait sa plus belle tenue, on s'embrassait à la barbe des consignes gouvernementales, on distribuait les poignées de mains à des personnes que l'on ne prenait pas la peine de saluer le reste de l'année. Nous nous installâmes dans un coin tranquille.

« Tu avais une petite voix au téléphone ! Tu es fatigué ? me demanda Romain.

– Un peu.

– Plus qu'un peu à mon avis. On dirait que tu es sorti du cercueil !

– N'exagère pas non plus. Tu n'as pas le sentiment d'en rajouter des caisses ?

– Je te le dis comme je le pense. Et tu as maigri.

– Un peu.

– C'est toujours un peu avec toi. Tu continues à te piquer ?

– Oui. Je suis passé à deux doses par jour…

– Putain mais tu es un grand malade ! D'où tu sors ces doses ?

– Je gère, ne t'inquiète pas. Je supportais plus de stagner.

– Tu es irresponsable ! La neurologue t'avait prescrit une injection par semaine. Je ne peux pas te laisser te détruire comme ça !

– Dis-moi, tu es médecin maintenant ? lui dis-je calmement, les yeux braqués sur son visage fermé.

– Pourquoi tu l'es toi ?

– Le traitement fonctionne bien.

– C'est faux. Il ne marche plus. Comme toi d'ailleurs, répliqua-t-il, cyniquement fier de son bon mot. Tu ne ressembles plus à rien.

– Pourtant, je suis là avec toi !

– Tu te vois ? Tu as conscience quand même que ton état a empiré ? Réveille-toi ! Depuis que tu as commencé à faire n'importe quoi avec le traitement, tu es pire qu'avant ! Tu as perdu ton autonomie, tu n'arrives plus à assurer tes transferts correctement, tu souffres de plus en plus.

– C'est normal, on sort souvent !

– Arrête, ne me prends pas pour un con. Tu n'as jamais été comme ça. Jamais !

– Jamais été comment ? Je suis debout et je marche un peu ! Tu veux quoi de plus ? m'emportai-je, attirant l'attention des clients alentour.

– À quel prix ? Perclus de douleurs ? À moitié bancal ? C'est ça, ta nouvelle vie ?

– Ma vie c'est d'avoir mal ! Je me réveille en ayant mal, je sors en ayant mal ! Tu sais combien de fois j'ai eu envie de laisser tomber ? Combien de fois j'ai pensé tout foutre en l'air ? Avec ce traitement, je me lève et je me tiens devant toi.

– Regarde-toi ! Tu n'arrives même pas à attraper ton verre, tu penches la tête pour boire à la paille. Pourquoi tu es passé à deux par jour ?

– Ça te dépasse. Tu ne peux pas savoir.

– Je ne sais pas quoi ? Que c'est pire qu'avant que tu commences ce traitement de merde ? C'est un poison ! Arrête-le ! Tu prends conscience des effets secondaires ou il te rend aveugle aussi ton remède miracle ? Tu ne marches pas, tu te traînes. Tu ne t'appuies pas sur le comptoir, c'est lui qui te supporte. Tu n'es pas debout, tu es voûté. Même toi, tu as changé. Je ne te reconnais plus.

– Tu m'as proposé un verre pour faire mon procès ?

– Tu n'es plus le même.

– Bah va boire un verre avec quelqu'un d'autre et ne me casse pas les couilles !

– Pourquoi tu réagis comme ça ? On s'inquiète pour toi !

– Qui « on » ?

– Nous tous, tes amis.

– Je t'ai demandé, c'est qui « on » ?

– Moi, François, Laura et d'autres...

– Je vous emmerde ! Surtout ces autres qui ne m'ont jamais aidé, qui ne m'ont jamais appelé pour prendre de mes nouvelles et maintenant ils se préoccupent de moi ? Tu te fous de ma gueule ?

– Non, mais...

– Laura ? Tu lui parles ? le coupai-je.

– Je lui ai parlé et elle s'inquiète. C'est normal. Moi aussi, je m'inquiète ! Tu crois qu'elle ne remarque rien ? Qu'elle est aveugle ? Tu ne penses pas que ça l'emmerde de t'aider de plus en plus parce que tu n'arrives plus à rien ? Tu imagines que les gens n'ont pas essayé de la dissuader de sortir avec toi ? C'est ton infirmière maintenant !

– Comment tu peux dire des trucs pareils ? lui balançai-je, vexé.

– Tu veux que j'aille chercher ton fauteuil dans la voiture ? Tu trembles là ! Tu boîtes dès que tu touches le sol.

– Fous-moi la paix avec ce putain de fauteuil !

– Laisse-moi t'aider bordel !

– M'aider ? C'est comme ça que tu aides tes amis, toi ? En les accablant de reproches ?

– En fait, tu te complais dans cette situation. Je ne peux pas t'aider si tu refuses de l'être.

– Je ne t'impose rien. J'ai toujours pris sur moi pour t'infliger le moins de contraintes possibles ! Si ça t'est tellement pénible, pourquoi tu traînes avec moi ? Pourquoi tu m'appelles ? Pourquoi tu passes tes nuits chez moi quand tu déprimes ? Au fond, tu es un gars malheureux et ça t'emmerde que je puisse être quelqu'un. J'avais confiance en toi ! J'ai essayé d'être à la hauteur de ton amitié. Je t'ai constamment soutenu, défendu. Je croyais que tu étais le seul à pouvoir me comprendre. Les nuits à discuter sur tout, c'était du vent ? Tu te sentais exister parce que tu étais le pote de l'handicapé, ça flattait ton ego ? Tu m'aimais bien tant que je végétais bien tranquille dans mon fauteuil ? Tant que c'était toi qui avais le contrôle ? J'en ai marre d'être le faire-valoir.

– Comment tu peux dire ça ? Je me casse, reste dans ta merde ! Tu vas te ramasser la gueule et tu comprendras que tu t'es perdu. Le problème, c'est qu'il est peut-être déjà trop tard ! »

Romain partit. Sans se retourner. La serveuse au rouge à lèvres écarlate me gratifia d'un sourire gêné. Installée aux premières loges, elle venait d'assister à l'exécution par pendaison de notre amitié. « C'est pour moi », m'annonça-t-elle en me tendant un Get Orezza que je n'essayai même pas d'attraper tant mes bras, lourds comme la mort, restèrent collés à mes jambes. Le patron vint me sommer d'acheter une bouteille dans les vingt prochaines minutes si je voulais garder ma place. Il était temps de partir. Je balançai, dans un mouvement d'élan proche du pendule, ma paluche droite sur le comptoir. La serveuse dut tirer fortement pour extraire un billet de cinquante euros enserré par mes doigts rétractés. En traînant ma main le long du comptoir, je renversai mon verre sur la chemise du mec accoudé à côté de moi. Il était prêt à dégainer mais stoppa net en se retournant sur moi. J'inspirais la pitié. Encore. Toujours. Je n'étais pas de ce monde « dressé sur ses pieds ». Alors que je m'engageais vers la sortie en rupture d'équilibre avec ma démarche dégingandée, armé de ma béquille, je fus rattrapé par Mariana.

« Mais c'est toi ! Je n'étais pas sûre, de loin ! Comme tu es beau debout ! C'est génial ! cria-t-elle. Tu sors et tu ne me préviens pas ? Avec le Covid, je n'osais pas venir te voir. Surtout avec tout ce que les infos racontaient. Comme tu fais partie des personnes fragiles…

– Je ne suis pas fragile.

– Non mais tu m'as compris ! Je préférais ne prendre aucun risque avec toi. Je m'en serai voulu qu'il t'arrive quelque chose. Mais vu que tu te balades au milieu de tout le monde… Je t'ai appelé. Plusieurs fois ! Pour qu'on se voie mais tu ne m'as jamais répondu ni rappelée. Même pas les textos. Sympa ! Heureusement que François me donnait de tes nouvelles parce que si j'attendais après toi, on ne se serait plus jamais revus.

– Pardonne-moi, je me suis laissé submerger par tout ce qui m'arrive.

– C'est oublié, mais ne recommence pas. Sinon, je te fais vraiment la gueule !

– Promis.

– Tu marches… Un peu mais tu marches ! J'ai des frissons de te voir là, comme ça ? Tu ne vas pas t'inscrire pour le marathon de

Paris tout de suite ? Je suis tellement heureuse pour toi. Viens boire un verre !

– Je n'ai pas envie de t'emmerder.

– Tu es bête ! Tu ne m'emmerdes jamais. Tu dois te faire pardonner et me raconter tout ce que j'ai raté.

– Oui, il faudrait.

– Tu allais rentrer ? Tu n'as pas l'air en forme.

– Je suis fatigué, je ne m'éternise pas.

– Romain est allé chercher la voiture ?

– Non. Il est parti. Il devait rejoindre son père.

– Mmmh à d'autres ! Vous vous êtes engueulés ?

– C'est compliqué…

– Et ton fauteuil ?

– Dans son coffre. J'ai l'air con en disant ça. Laisse tomber, ne gâchons pas ta soirée à en parler !

– Tu sais que tu peux tout me dire, me rassura-t-elle.

– Je sais et je t'en remercie.

– Comment tu rentres alors ?

– Je ne sais pas, je vais appeler quelqu'un. François peut-être. Ne t'inquiète pas.

– Viens boire un verre avec nous. Je suis avec quelques collègues et amis. Je te ramène après. »

Mariana me les présenta, mais aussitôt salué l'un d'entre eux, j'en oubliais le précédent, et ainsi de suite. Sentant mes jambes chanceler, je me jetai rapidement dans le canapé en osier par crainte de m'étaler au milieu du passage. Je balayai du regard l'endroit bondé. Ça dansait, ça s'amusait, ça piaillait. La jeune femme assise à mes côtés entama la conversation, mais je n'avais ni la force ni l'envie de l'entretenir. Sa voix haut perchée et son rire surjoué m'irritaient. Mariana me servit une importante dose de vodka dans un verre à cocktail qui traînait sur la table devant nous. Aidé d'une paille, je bus une gorgée, brûlante. J'économisais mes mouvements. Émotionnellement, je me rapprochais de la tombe. Physiquement, j'étais déjà six pieds sous terre. Je disparaissais, dévoré par les coussins beiges qui recouvraient la banquette. Affalé dans ma tristesse, j'aurais voulu revenir en arrière, désamorcer cette dispute avec Romain. Je n'entendais presque plus la musique, tout juste un bourdonnement sourd. Ce furent les exclamations répétées de Mariana qui m'extirpèrent de ma torpeur : « Il faut que tu embrasses Stella ! C'est le jeu, c'est comme ça ! » Elle s'adressait à un type longiligne, les cheveux en broussaille, dont je n'avais même pas relevé la présence. Stella lui prit la tête à deux mains et colla sa ventouse nervurée et baveuse sur la bouche mouillée de tequila. La langue râpeuse de Stella décrassa toute la paroi buccale de ce mec qui ne comprenait pas vraiment ce qui lui arrivait. Peu concerné, j'espérais néanmoins qu'elle finisse de lui aspirer les lèvres sans l'étouffer. Le bar ne désemplissait pas. Dépendant de Mariana, j'attendais qu'elle se décide à partir. Ce qui advint trois heures plus tard. Elle m'aida à rentrer dans sa voiture comme si j'étais un petit vieux que l'on emmène chez le médecin, en me félicitant de chaque geste bien exécuté et avec une patience de circonstance. Les clefs dans la serrure, l'épaule contre la porte pour me stabiliser, je la remerciai d'un hochement de tête avant de regagner mon appartement.

Mon téléphone vibra. J'éprouvai les pires difficultés à le sortir de ma poche. Mes genoux lâchèrent, je m'écroulai et lâchai le téléphone. Ma cheville se tordit sous l'impact de la chute. Mon incapacité motrice me privant du réflexe du parachute, mon crâne s'explosa sur le carrelage froid. Je resterais là pour la nuit, recroquevillé, gisant jusqu'à l'arrivée du kiné le lendemain. Je hurlai de rage, de désespoir. Je me mis à pleurer. De rage, de désespoir. Mon téléphone clignotait et affichait un appel manqué avec message. J'étirai péniblement mon bras pour l'atteindre. La voix de Laura, étranglée, sur mon répondeur. Le bruit sourd de ses sanglots, étouffés par la rancœur. Son message vocal respirait comme une menace. La justesse de ses mots me noua la gorge et me remplit de honte. Laura était au courant de tout. Romain lui avait raconté le protocole et les libertés que j'avais prises avec. Je venais de tout gâcher : mes amis, sa confiance, son amour, mon bonheur. Elle exprimait son incompréhension et son désarroi, sans m'accabler du moindre reproche auquel j'aurais pu me raccrocher pour ne pas perdre l'espoir de la récupérer. Seulement une succession de questions cinglantes qui me persuadèrent qu'il n'y avait plus rien à sauver. Comment avais-je pu lui cacher mon traitement ? Comment avais-je pu la tenir à l'écart de quelque chose d'aussi important de ma vie ? Qui était-elle pour moi si je n'étais pas capable d'être honnête sur l'essentiel ? Son message se terminait en milieu de phrase. Il était comme moi : coupé de l'essentiel. Profondément blessée par ce qu'elle considérait comme un manque de respect, elle ne souhaitait plus me revoir. J'étais triste à en mourir. Une chute sans fin dans une nuit sans fond.

| 19 |

Une tristesse

J'avais connu pire que la maladie, j'avais connu l'amour. Cela faisait deux semaines que je n'avais plus de nouvelles de Laura. L'enfer. Je lui envoyais un message chaque jour, pas plus, au prix d'un colossal effort, pour ne pas paraître trop accablé et étaler l'état déplorable dans lequel j'étais. Messages qui n'obtinrent aucune réponse, hormis celle cruelle de l'indifférence. J'attendais pourtant un signe qui ne venait pas. Ce qui me plongeait dans une paranoïa hallucinatoire prenant chaque gazouillis d'oiseaux, chaque bruit de voitures, chaque grésillement de la télé, au vibreur de mon téléphone. Je me lamentais de mes nuits décousues, grappillant par-ci par-là quelques demi-heures de sommeil au cours de la journée. N'arrivant plus à me doucher seul, l'infirmière s'était déplacée quatre fois cette semaine pour s'acquitter de cette corvée partie pour durer. Elle m'accompagnait dans tous les gestes : elle me déshabillait, me transférait, me lavait. Même en frottant énergiquement ma peau craquelée, elle ne nettoierait jamais l'humiliation que je ressentais de voir ces mains laborieuses, étrangères, s'abattre sur ma silhouette pathétique et ramollie. Je culpabilisais de ne pas pouvoir y mettre du mien. La maladie fredonnait à tue-tête l'adagio de mon malheur sur le rythme de mon inéluctable dégradation. Un opéra brut dont j'étais le héros tragique… mais propre. C'était lors de ce moment intime, partagé dans l'étroitesse de la douche, que je mesurais l'ampleur du désastre. J'étais nu, terriblement vulnérable, profondément gêné, sous ses yeux désolés. Puis elle me séchait, me coiffait, m'habillait comme une poupée de chiffon. Bien peigné, parfumé, je ressemblais à un petit écolier cadavérique.

Je ne me nourrissais presque plus, le chagrin me rassasiait et je ne parvenais plus à ouvrir les paquets de jambon ou les boîtes de thon que je portais à la bouche pour en arracher le couvercle à la force de la mâchoire. Internet demeurait l'unique fenêtre sur l'extérieur dont je disposais, et encore celle-ci s'embuait de médiocrité et d'hypocrisie. J'appris en lisant la rubrique nécrologique du journal local, après un détour sur différents sites peu distrayants, le suicide de Bernadette à la suite de la disparition de son garçon. Comme il était coutume ici de mentionner une liste interminable de cousins, d'oncles, de parents éloignés, appelés à se recueillir autour du défunt, l'avis de décès de Bernadette détonnait car n'y figurait que le nom de ses deux filles. Elle mourait comme elle avait vécu, esseulée et dans l'indifférence générale. J'espérais qu'elle trouve enfin le répit auprès de son enfant libéré et qu'ensemble ils puissent reposer en paix. Je demeurais dans un état d'épuisement moral tel que chaque divagation me torturait. Les journées s'écoulaient dans une routine exigeante que ne brisait même pas le kiné qui avait choisi cette semaine pour partir en vacances. Je maudissais le destin de s'acharner sur moi. Toutes les photos de Laura et moi que je passais en revue sur mon téléphone m'écorchaient un peu plus. Rien n'était plus insupportable que le visage de l'être que l'on avait aimé.

Je tapai tant bien que mal des bouts d'excuses sur mon téléphone, que je répétais à haute voix avec suffisamment de verve pour m'assurer de leur sincérité avant de les effacer, dépité à l'idée qu'ils ne produiraient jamais l'effet escompté. Je ne pleurais plus malgré l'immense tristesse dans laquelle je tâchais de ne pas me noyer. Pleurer nécessitait une force, une énergie, qui avait depuis longtemps déserté mon corps déformé et osseux. Tout juste criais-je en enfouissant ma tête dans les coussins pour tenter d'expulser le poids qui me comprimait la poitrine. Laura me manquait si cruellement que je projetais sur chaque chose son visage, son corps. J'avais trahi sa confiance et broyé, par ma bêtise et ma négligence, l'unique relation qui m'avait permis d'embrasser le bonheur à pleine bouche. Elle m'avait plusieurs fois demandé de lui expliquer ma maladie et ses conséquences, et devant ma crainte de trop en dire sous peine de l'horrifier et de la faire fuir, elle se contentait de me rassurer de sa voix douce : « C'est toi que je veux. On fera face ensemble. » Je la revois se balader à moitié nue dans mon appartement, danser sur *Aladdin Sane* pendant que moi, installé sur le canapé, je profitais de cette joie si pure, si simple, que j'avais cru réservée aux autres. Désormais, son absence me hantait. Les distances entre chaque pièce me paraissaient démesurées, mais je me forçais à les parcourir, donnant des impulsions minables à mes roues désobéissantes. Un rituel d'autant plus épouvantable qu'il me confrontait à mon autonomie perdue. Mes rêves avaient désormais des cheveux blancs.

Un reflet

Posté devant le miroir de ma chambre, je me détaillais avec attention. Ce qui s'y reflétait me répugnait, mes côtes apparaissaient si distinctement que l'on pouvait les compter, mes os saillaient de partout, mes muscles flasques n'étaient que des poches vides. Mes cuisses s'étaient tellement amaigries que je pouvais pratiquement les encercler avec une seule main. Ce miroir qui m'avait vu rire, vivre, jouir, me lever, me renvoyait désormais une image terrifiante, celle de mon ensevelissement. J'aurais voulu insulter ce reflet. Le frapper. Je le détestais. Pourquoi était-ce tombé sur moi ? Qu'avais-je fait de si atroce pour qu'on me condamne à ce supplice ? J'allai me coucher, mais l'espace entre mon fauteuil et le lit s'étirait de jour en jour et me poussait à dormir penché sur le bureau. Peu importe où je dormais, cela n'empêchait pas mes démons de se déchaîner sur moi la nuit.

Un appel

Un matin, je pris la décision de l'appeler. J'avais longuement réfléchi à ce que je lui dirais. Les secondes, lourdes de tension, s'écoulant entre chaque sonnerie me crispait. Puis le couperet du répondeur, froid, impersonnel. Ce ton synthétisé qui m'invitait à laisser un message. Maintenant. Le décompte avait déjà commencé. Je me lançai, ne réfléchissant plus, ne redoutant plus de me heurter à son mépris.

« Je regrette de ne pas te voir pour te parler. Ton silence me hurle de t'oublier. Je n'y arrive pas. Parce que depuis qu'on s'est rencontrés, tu éclaires mon existence. Parce que je ne veux pas parler de toi, de nous, au passé. Tu es entrée dans ma vie et tu t'y es installée en y prenant toute la place. J'ai multiplié les maladresses, les erreurs, mais j'ai trop souffert pour renoncer à toi. J'ai tout donné pour t'avoir, mais je suis prêt à bien plus pour te garder. Notre histoire n'est pas comme celle des autres et c'est ce que j'aime. Mon handicap aurait pu tout compliquer, mais avec toi tout est simple ! On galère mais on galère ensemble ! Je ne serai jamais en mesure de te soulever dans mes bras, de me tenir debout face à toi ou de jouer le mec parfait que l'on voit dans les magazines, mais ce dont je suis certain, c'est que je crois en toi. Ton rire me manque. Ta voix me manque. Ta façon de me dire « je vais te crever les roues » me manque. Si j'avais mes jambes, j'aurais couru pour te rejoindre, mais je n'ai que ces foutues deux minutes sur un répondeur. J'ai tout détruit, pardonne-moi. Mais laisse-nous une chance. »

Je raccrochai en retenant un sanglot et pris la décision de m'injecter une dose qui traînait encore dans la mallette métallique posée sur mon bureau. Ultime coup de fouet. Dernier relent de vie que l'oppression tentaculaire de la myopathie aura tôt fait d'anéantir. Je mourrais par morceaux. Et là, tout de suite, ça m'était bien égal au final.

Un départ

Laura frappa à la porte. Trois fois. Elle patientait en regardant la route qui bordait mon appartement et sur laquelle les voitures se succédaient sans répit. Elle savait que je mettais du temps à ouvrir. Ma porte resta close. Les secondes s'écoulaient, les minutes défilaient. Elle insista, ses poings s'abattirent avec vigueur puis elle s'annonça : elle avait reçu mon message et souhaitait qu'on en parle. Elle me pressait d'ouvrir et ne comprenait pas pourquoi je lui avais dit tout ça si c'était pour ne pas lui ouvrir à présent qu'elle était devant la porte. Elle haussa le ton pour que je l'entende, sa gorge se serra, sa voix s'érailla, ses mains s'écorchèrent, son cœur s'inquiéta. La sirène stridente de l'ambulance qui s'éloignait dans la moiteur de cette fin de journée interférait avec ses cris sans réponses.

Dans cette ambulance, je convulsai, et un interne en médecine, au-dessus de ma poitrine, m'exhortait de ne pas lâcher. Dans cet appartement aux volets clos un univers s'éteignait. Je me laissais peu à peu gagner par l'intense fatigue et je rêvai.

Je rêvai que je marchais.

Remerciements

Par ces quelques mots, je tiens à remercier Éric Fougère pour sa lecture et ses conseils avisés, ses encouragements constants, son intelligence sensible. Nos discussions ont façonné ce roman. Je lui témoigne ici mon amitié.

Un grand merci à Jacques Isolery pour sa rigueur, sa bienveillante exigence, son honnêteté et ses valeurs transmises durant ma formation universitaire. Il est à la base de tout.

Merci à ma première lectrice, Mariana Sauli, amie d'enfance et de toujours. Que ces mots te témoignent toute ma gratitude.

Merci, également, à celles et ceux qui ont accepté de lire mon manuscrit avant qu'il ne vous parvienne, et m'ont permis, par leurs remarques et avis sans filtres, de l'améliorer. Vous m'avez accompagné sur les chemins de l'écriture avec enthousiasme : Julien Laignier, mon frère, Paul-Joseph Bouladoux, Élodie Ottomani, Tess Corsac, Florence Lojacono, Guillaume Quenza, Audrey Rocamora, Aurélie Franceschini, Réjane Marion, Léa Mariani, Marine Brossard, mes parents.

Merci à Laura B. pour sa présence quotidienne, sa force et son amour.

Merci, enfin, à toute l'équipe des Eho et particulièrement à mes éditrices, Héloïse d'Ormesson et Roxane Defer, pour leur présence infaillible, leur bienveillance et leur confiance. Merci d'avoir fait grandir mon manuscrit avec exigence, rigueur et humour. Merci, d'avoir cru en mon texte et d'avoir parié sur lui.

Conception graphique et réalisation
Anne-Marie Bourgeois/m87design
assistée de Barbara Leprivey

✷

Achevé d'imprimer
sur Roto-Page
par l'Imprimerie Floch
à Mayenne,
en novembre 2022

✷

Dépôt légal
janvier 2023
Numéro d'imprimeur
101562

Édition n° 1

Imprimé en France